⊕ tredition

© 2024 Alexander Schudow
Herausgegeben von: tredition, www.tredition.com

Druck und Distribution im Auftrag des Autors:
tredition GmbH, Heinz-Beusen-Stieg 5, 22926 Ahrensburg,
Germany

Moonstation

1

Nachdem sie uns angeschnallt hatten, nahm ich mir einen Moment Zeit, um mich zu entspannen. Ich wollte die letzten Minuten der Erdanziehung genießen.

Der Neuling auf dem Sitz neben mir sah schlimmer aus. Schweißperlen bedeckten sein blasses Gesicht.

Noch vor wenigen Augenblicken wirkte er sehr aufgeregt, aber nun konnte man die Anspannung in seinen Augen sehen. Ich konnte es ihm nicht verdenken.

Die Erde war sein Zuhause und nun würde er den kleinen blauen Planeten verlassen, um vielleicht nie wieder zurückzukehren.

„Ist das dein erster Ausflug in den Weltraum?", fragte ich ihn und lachte, um ihn bei guter Laune zu halten.

Er nickte. Sein Blick war dabei noch immer auf das Bedienfeld vor uns gerichtet.

„Ich würde dir gerne sagen, dass du von der Beschleunigung bewusstlos wirst, aber dem ist nicht so. In dieser Position wird Blut in dein Gehirn gepresst und du wirst bei vollem Bewusstsein gut durchgeschüttelt werden.", erklärte ich ihm.

Diese kurze Erklärung schien seine Trance zu brechen. Er sah zu mir rüber und lächelte schwach.

Ich hätte ihm Trost spenden und ihm sagen können, dass es nicht so schlimm war. Aus Erfahrung wusste ich allerdings, dass scherzhafter Humor unsere Reise ins Weltall am allerbesten unterstützen würde.

„Ich mache mir keine Sorgen um den Start.", meinte er.

„Es ist nur das Ausmaß des großen Ganzen."

Der Countdown wurde gestartet und ich bereitete mich auf die Beschleunigungskräfte vor, während der Neuling versuchte, seine Atmung zu kontrollieren.

Fünf Sekunden vor dem Start meinte ich zu ihm: „Du wirst es lieben, sobald wir die Atmosphäre verlassen haben und in der Schwerelosigkeit dahingleiten werden."

Die Triebwerke zündeten und das Shuttle wurde kräftig durchgeschüttelt. Der Neuling schloss seine Augen. Ich konnte sehen, wie sich sein Körper verkrampfte.

Es dauerte nicht lange, bis wir abhoben. Die Rakete schoss uns mit einer Energie in den Himmel, welche selbst ich noch nie erlebt hatte. Ich hatte zwar schon einige Einsätze im Weltraum hinter mir, jedoch hatte ich noch nie mit diesem Raketentyp gearbeitet.

Die Rakete war eine komplette Neuentwicklung und stärker als die berühmte Saturn-V Rakete, welche die ersten Astronauten zum Mond gebracht hatte. Viele Astronauten waren von diesem neuen Raketentyp beeindruckt.

Es war im Prinzip eine Saturn-V Rakete, jedoch hatte sie effizientere und leistungsstärkere Triebwerke.

Man gab ihr den Namen „Mars-1". Sie soll in ein paar Jahren die ersten Menschen zum Mars bringen. Bis es soweit ist, wurde sie ausgiebig getestet.

Wir erreichten schnell die maximale Geschwindigkeit.

Es war ein intensives Gefühl von Aufregung und Entsetzen, als sich unser Gewicht verdreifachte und uns in unsere unbequemen Stühle drückte. Vom Start bis zum Weltraum würden etwa neun Minuten vergehen.

Jede einzelne Minute davon würde sich wie eine Ewigkeit anfühlen.

Was unsere Arbeit betraf, waren wir auf einer Routinemission.

Laut offiziellen Dokumenten würden wir eine Woche im Weltraum bleiben, bevor wir zur Erde zurückkehren und sanft in der Wüste Kasachstans landen würden.

In Wirklichkeit brachte uns unsere Mission viel weiter von Zuhause weg und es würden Jahre vergehen, bis wir das Vergnügen hätte, je wieder zurückzukehren.

In den nächsten fünf Minuten wurden wir heftig durchgeschüttelt. Wenn ich es nicht besser gewusst hätte, hätte ich gedacht, wir wären in einen Trockner geworfen worden.

Ich fragte mich, wie viele blaue Flecken ich wohl finden würde, wenn wir die anvisierte Basis erreichten.

Endlich öffnete der Neuling seine Augen. Dabei hatte er den besten Teil unserer Reise noch nicht einmal gesehen. Ich spreche aus Erfahrung, wenn ich sage, dass der Anblick unserer Erde atemberaubend ist.

„Bereiten Sie sich auf die Initiierung vor!", teilte uns die Bodenkontrolle per Funk mit.

Mit dieser Botschaft wurden wir in den Sitzen nach vorne geschleudert. Unsere Nasen berührten dabei fast das kalte Glas unserer Helme.

Ein lautes Klappern übermannte uns, als der Hauptantrieb sich von unserem Shuttle löste und die sekundären Antriebe aktiviert wurden.

Ein paar Minuten später waren wir in einen Orbit um die Erde eingetreten und wir drei entspannten uns langsam, während wir auf die dritte Stufe warteten.

Frei von der Schwerkraft der Erde zu sein ist ein seltsames Gefühl. Obwohl ich ein recht großer Mann bin, wirkte ich so unbedeutend. Als ob mein Körpergewicht nichts im Gegensatz zu dem Vakuum ist, welches unser Shuttle nun umgab.

Es fühlt sich an, als würde man fallen. Nur dass es nichts gab, in was man hineinfallen könnte.

Es ist eine totale Freiheit.

„Rick, schau dir das an!", meinte unser Pilot zu mir, als er die Checkliste aus seiner Hand gleiten ließ.

Sie hing sanft rotierend in einem schwerelosen Zustand, kurz bevor die dritte Stufe gezündet wurde und offiziell unsere Reise zum Mond einläutete.

Als wir unsere Nutzlasten zurückließen, hatten wir zum ersten Mal einen freien Blick auf die unendliche Dunkelheit vor uns.

Millionen von Sternen begrüßten uns mit ihrer vollen Pracht.

Ohne die Erdatmosphäre konnten wir tief in den Weltraum blicken.

Dort in der Ferne hing ein weißer Himmelskörper.

Er wirkte wie wir klein und unbedeutend. Der Öffentlichkeit unbekannt war er die letzte Hoffnung der Menschheit.

Wir bewegten uns mit einer fast unmöglichen Geschwindigkeit darauf zu, aber in Wirklichkeit fühlte es sich so an, als würden wir uns kaum bewegen.

„Dieser Anblick erfüllt mich jedes Mal mit Ehrfurcht.", meinte ich zu meinen beiden Mitreisenden.

Ich bemerkte, dass der Neuling etwas ruhiger wurde.

Ohne das Gefühl der Erdanziehung, konnte er sich endlich zurücklehnen und die Reise genießen.

„Ich weiß gar nicht, was ich sagen soll. Es ist das

Erstaunlichste, was ich je gesehen habe.", sagte er.

Er verbrachte die nächsten Stunden damit, in die Leere zu starren. Anscheinend konnte er es immer noch nicht glauben, dass er es wirklich bis in den Weltraum geschafft hatte.

Dem Äußeren nach zu urteilen war der Neuling etwa zwanzig Jahre alt.

„War es das wert?", fragte ich.

„Was war was wert?", fragte er mich zurück.

„Alles, was du je gekannt hast, hinter dir zu lassen.", erklärte ich ihm den Hintergrund meiner Frage.

Er löste seinen Blick aus dem Fenster des Shuttles und schaute zu mir herüber. Er überlegte einen Moment, bevor er antwortete.

„Mein gesamtes Leben lang wollte ich schon immer etwas bewegen. Einer der wenigen zu sein, die sich je in den Weltraum gewagt hatten, um die Wissenschaft voran zu bringen. Als die Firma mich kontaktierte, sagten sie mir noch nicht einmal, wohin ich gehen würde. Sie meinten nur, dass ich die Welt retten würde.", erzählte er.

Eines musste ich ihm lassen. Er war klug.

Gut gebaut und intelligent. Er hätte ein fantastisches Leben auf der Erde haben können und eine Familie gründen können.

Sicherlich hätte er eine Menge Geld verdienen können und den gesamten Luxus genießen können, den sein Zuhause hätte bieten können.

Dennoch entschied er sich, zu helfen, obwohl er wahrscheinlich nie zurückkehren würde. In diesem Moment wurde mir bewusst, dass er jemand war, dem ich vertrauen konnte.

Die Reise zum Mond dauerte etwa drei Tage, sodass wir viel Zeit hatten, uns richtig kennen zu lernen. Ich hatte den Auftrag, den Neuling von der Erde abzulenken. Nach den Akten, die sie mir über ihn gaben, war er nicht weniger als ein Genie.

Das Schlafen im Weltraum ist seltsam beruhigend. Es gibt keine unbequemen Positionen beim Schweben in der Schwerelosigkeit. Kein Bett, auf dem man liegen muss. Für mich war es der erholsamste Schlaf meines Lebens.

Ansonsten war der Flug zur Basis auf dem Mond ziemlich langweilig.

Der Planet, den wir zurückließen, verschwand langsam in der Ferne und verwandelte sich in einen kleinen, blauen Punkt.

Die Basis, auf welche wir zusteuerten, trug den Namen „Ares". Es war eine massive Konstruktion auf der Rückseite des Mondes und somit aus der Sichtweite der Menschen auf der Erde. Die „Ares" war die größte Schöpfung der Menschheit, die über vier Jahrzehnte lang verborgen gehalten wurde und nur den vierhundert dort lebenden Menschen sowie einer Handvoll Wissenschaftlern auf der Erde bekannt war.

Dort hatten wir keinerlei Funkkontakt mit der Erde.

Laut dem dort stationierten Befehlshaber der Armee war es somit am unwahrscheinlichsten, dass diese Station der Öffentlichkeit bekannt wurde.

Als wir von der Umlaufbahn des Mondes erfasst wurden, vernahmen wir ein statisches Geräusch. Bald würden wir mit der Mondstation in Kontakt treten.

„Hier ist das Shuttle *Explorer*. Können Sie mich hören, Base Control?", fragte unser Pilot.

Einen kurzen Moment herrschte Stille.

„Hallo Explorer, hier ist Base Control. Wir hören Sie laut und deutlich.", antwortete eine Stimme aus dem Funkgerät.

„Das Tor Vier steht Ihnen zum Andocken zur Verfügung."

Ich zog eine Checkliste hervor, während unser Pilot das Shuttle zum Andocken an das Tor vorbereitete.

Innerhalb einer Minute gingen wir in den Sinkflug und näherten uns dem Tor der Mondstation. Die Landung verlief ohne Probleme. Als wir die Luftschleuse öffneten, konnte ich endlich die Beine ausstrecken.

Wir wurden sofort von einem Team zur Dekontamination begrüßt und uns wurde befohlen, unsere verschwitzte Kleidung gegen eine entsprechende NASA-Uniform zu wechseln.

„Es war mir ein Vergnügen, Rick!", sagte der Pilot zu mir, als wir uns trennten.

Meine erste Aufgabe bestand darin, den Neuling in das System einzuweisen. Ich brachte ihn zum Büro der Sektion Sieben und suchte nach seiner Ausbilderin.

Ihr Name war Jennifer.

Ich kannte Jennifer bereits seit meinen Kindheitstagen. Es war schon irgendwie merkwürdig, dass Jennifer und ich stets dieselben Schulen besucht hatten und beruflich dieselbe Laufbahn eingeschlagen hatten.

„Rick! Wie geht es dir?", fragte sie mich, als wir ihr Büro betraten. „Ich sehe dich in letzter Zeit oft in Sektion Sieben."

„Ich bringe dir unseren neuen Wissenschaftler. Stört es dich, wenn ich etwas hier bleibe, um sicher zu gehen, dass du nicht zu hart mit dem Jungen umgehst?", fragte ich sie.

Sie lächelte und deutete uns an, ihr durch die engen Gänge von Sektion Sieben zu folgen. Während wir ihr folgten, erklärte sie dem Neuling die Regeln und Protokolle, welche auf der gesamten Station herrschten.

Es war ein beeindruckendes Konstrukt.

Eine Station, die groß genug war, um hunderte Menschen auf einmal unterzubringen. Dutzende Labore, Arbeitsplätze und

Wohneinheiten rundeten die Station ab.

Die Tatsache, dass sie solange verborgen gehalten werden konnte, erweckte das Interesse unseres Neulings namens Daniel.

„Darf ich fragen, warum das hier alles solange geheim gehalten wurde?", fragte er.

Jennifer grinste. Es war eine Frage, die jeder Neuankömmling unweigerlich stellte. Eine Frage, welche Jennifer genau zu beantworten wusste.

„Schon einmal etwas vom *Manhatten Project* gehört?", fragte sie.

Daniel nickte.

„Tausende Menschen waren damals daran beteiligt, die mächtigste Waffe der Menschheitsgeschichte zu schaffen. Von all diesen Menschen wussten nur ein paar Dutzend, was dieses Projekt wirklich bewirken würde.", erklärte Jennifer.

„Genauso wurde das „ Ares - Projekt" geheim gehalten. Man ließ die meisten Mitarbeiter im Unwissen, woran sie wirklich arbeiteten. Somit stellte man sicher, dass keine Informationen nach außen drangen."

Ich habe es immer geliebt, Jennifers Reden über das „Ares – Projekt" zuzuhören.

Der Blick der Überraschung und des Erstaunens, welchen die

Neulinge unweigerlich im Gesicht hatten, als sie das Ausmaß der Situation erkannten ließen mich immer wieder schmunzeln.

Aber eine letzte Information fehlte dennoch.

„Was genau machen wir hier?", fragte Daniel schließlich.

Bevor Jennifer die Gelegenheit hatte, es zu erklären, drang durch die Lautsprecher an den Wänden eine erschütternde Nachricht.

„Rick Fender! Bitte begeben Sie sich zum Sicherheitsteam in Sektion Neun!", ertönte eine ernste Männerstimme.

Jennifer und Daniel schauten mich fragend an.

„Tut mir leid. Wir sehen uns später!", sagte ich, als ich aus Jennifers Büro eilte und den Gang entlang eilte.

Das Laufen auf dem Mond ist eine besondere Erfahrung.

Bei einem Sechstel der Erdanziehungskraft, verbringt man mehr Zeit damit, durch die Gegend zu gleiten, als dass die Füße den Boden berühren.

In gewisser Weise fühlt es sich wie fliegen an und man kann höhere Geschwindigkeiten erreichen, als dass es auf der Erde möglich wäre. Auf der anderen Seite ist es ohne Bodenkontakt schwieriger, um Ecken zu manövrieren.

Aus diesem Grund ist die Mondstation fast ausschließlich mit geraden Gängen gebaut worden. Innerhalb weniger Minuten war ich in Sektion Neun im Büro des Sicherheitsteams angekommen.

Dort fand ich jede Menge Wachen und Offiziere vor, die alle versuchten, sich gegenseitig anzuschreien, um eine Entscheidung zu treffen.

„Was ist los?", fragte ich.

Mein Vorgesetzter namens Jackson Henderson nahm mich zur Seite, um mich zu instruieren.

„Rick, etwas ist neben der Betankungsstation gelandet.", sagte er.

Ich kannte Jackson bereits seit ein paar Jahren und war mit ihm bereits mehrere Male auf der Mondstation gewesen, um Forschungsarbeiten durchzuführen. Wir hatten einige brenzlige Situationen zusammen durchgemacht.

Er war ein Mensch, der stets besonnen reagierte.

Doch diesmal war etwas anders. Ich konnte in seiner Stimme einen Anflug von Angst heraushören. In seinen Augen stand Panik geschrieben.

Mir stellten sich die Nackenhaare auf, Jackson so zu sehen. Da wurde mir bewusst, dass etwas passiert war, dass wir alle nicht für möglich gehalten hatten.

2

„Es war auf keinem unserer Instrumente zu sehen. Die Crew der Betankungsstation schwört, dass sie das Objekt erst gesehen hatten, als es gelandet war.", erklärte Jackson.

Die Betankungsstation ist mehrere hundert Meter von der Mondstation entfernt. Sie lag in einem flachen Krater. Man hatte sie aus Sicherheitsgründen in einiger Entfernung zur Station gebaut, falls es eine Havarie gab.

Somit musste man die Mondstation im Ernstfall nicht evakuieren.

Jedoch befand sich unweit der Betankungsstation auch eine kleinere Anlage, in welcher sensible wissenschaftliche Instrumente gelagert worden. Das Gelände in dieser Gegend des Mondes zwang die Erbauer zu dieser Maßnahme.

„Was genau hat die Crew gesagt?", wollte ich wissen.

„Darin besteht das Problem. Wir haben nur einen panischen Funkspruch von ihnen erhalten, bevor der Kontakt vor etwa einer Stunde abbrach.", antwortete Jackson.

„Du musst mit deinem Team dorthin und nachschauen, was genau dort los ist."

Ich machte mich auf dem Weg zum Hangar der Sektion Neun. Es war eine massive Struktur, welche sich teilweise unter der

Mondoberfläche befand und gleichzeitig als wichtigste Anlage zur Sauerstoffproduktion diente.

Die Mondkruste ist von Natur aus reich an Sauerstoff. Durch die effektive Umwandlung des Gesteins haben wir auf der Mondstation eine Atmosphäre, die der Erdatmosphäre gleichkam.

John, Eric und Patrick, alle mit Gewehren bewaffnet und mit Raumanzügen bekleidet, trafen mich an einem der Buggys.

Für den Fall, dass uns etwas passierte, sah das Protokoll vor, die gesamte Anlage abzuriegeln und jeden, der sich im Gefahrenbereich befand, im Stich zu lassen.

Jeder, der auf der Mondstation arbeitete, musste vor seiner Reise hierhin dafür unterschreiben und somit versichern, dass er sich der Gefahren bewusst war.

„Betankungsstation, hier ist das Sicherheitsteam. Hört ihr uns?", fragte John, während er aus dem Funkgerät nur ein Rauschen als Antwort bekam.

John wiederholte während der Fahrt mit dem Buggy immer wieder seine Frage. Doch er bekam keine Antwort.

Die Fahrt zur Betankungsstation fühlte sich wie eine Ewigkeit an. Sie war in ihrer Größe genauso beeindruckend wie die Mondstation selbst.

Vor dem Eingang der Station lag ein großer, länglicher Felsen welcher mit massiven Blasen bedeckt war, von denen einige Risse aufwiesen.

„Was zum Teufel ist das für ein Ding?", fragte John.

Ich konnte Angst und Verunsicherung in seiner Stimme heraushören.

„Ich weiß nicht, aber halt deine Waffe bereit!", meinte Eric.

Vor der Betankungsstation waren noch zwei weitere Buggys geparkt. Das bedeutete, dass die Besatzung unmöglich hätte verschwinden können.

„Betankungsstation, wir betreten die Hauptluftschleuse. Machen Sie sich zum Einstieg bereit!", funkte ich der Station, während Eric den Einstieg zur Luftschleuse manuell entriegelte.

Wir behielten unsere Helme auf, obwohl die Luftschleuse bereits unter Druck stand und wir somit hätten atmen können. Wir wussten nicht, was uns auf der anderen Seite erwarten würde, also mussten wir uns auf eine schnelle Flucht gefasst machen.

Wir blieben wie angewurzelt stehen, als wir die ersten Schritte ins Innere der Station machten. Dort auf dem Boden lag die gesamte Besatzung der Betankungsstation.

Tot und in unterschiedlichem Maße verstümmelt. Es gab keine Anzeichen eines anderen Lebewesens. Es sah nicht so aus, als ob irgendwelche Monster gekommen wären, um die Besatzung zu ermorden.

Vielmehr sah es so aus, als ob sie einfach beschlossen hätten, sich mit sämtlichen Gegenständen, die sie finden konnten, gegenseitig abzuschlachten.

Einige ihrer Wunden wurden mit chirurgischer Präzision durchgeführt. Aufgeschnittene Kehlen, ein Stich durch das Herz und ein zerschmetterter Schädel.

Einige der Wunden konnte man noch nicht einmal beschreiben.

Der einzige Unterschied zwischen den Toten war ein Mann, der in einiger Entfernung in einer Ecke lehnte.

Obwohl sein Hals durchstochen war, sah es nicht so aus, als ob seine Hauptschlagader durchtrennt war.

Als ich mich bückte, um den gefesselten Mann zu untersuchen, schreckte dieser plötzlich hoch und fing an, vor Entsetzen zu schreien.

„Hör auf! Verschwinde! Ich …. Ich will das nicht!", keuchte er.

Ich packte ihn, um ihn ruhig zu halten, da ich befürchtete, dass er seine Verletzungen dadurch schlimmer machen könnte.

„Beruhige dich! Du bist in Sicherheit!", redete ich auf ihn ein.

Seine Angst verwandelte sich in Verzweiflung, als er die Leichen vor sich auf dem Boden sah.

„Es tut mir so leid! Das wollte ich nicht!", schluchzte er.

Ich holte ein Beruhigungsmittel aus meiner Tasche und spritze es ihm. Dadurch hoffte ich, dass er sich beruhigte und uns somit sagen konnte, was an Bord der Betankungsstation passiert war.

Ich las den Namen auf seinem Overall.

„Hey, Jordan! Sieh mich an! Du musst mir erzählen, was hier passiert ist.", meinte ich.

Nach der Injektion beruhigte er sich etwas. Dann schaute er sich im Flur um, als wolle er die Geschehnisse Revue passieren lassen.

„Ich hatte versucht, mich selbst umzubringen. Ich hörte diese Stimmen. Sie sagten mir, dass ich es tun muss. Diese Stimmen waren so verdammt laut!", wimmerte er.

In seiner Stimme konnte ich erkennen, dass er nervlich am Ende war.

„Mein Team …. Sie haben mich gefesselt, aber es hatte ihnen nichts geholfen. Es tut mir so verdammt leid!", erzählte er und brach dabei immer wieder zusammen.

Ich schaute zurück auf die toten Besatzungsmitglieder, die auf dem Boden lagen. Wenn es ihnen gelungen war, ihn zu fesseln, bevor sie starben, musste sie jemand anderes getötet haben.

Nur wer konnte das sein?

„Was ist mit den anderen?", fragte ich.

„Sie hatten angefangen, sich gegenseitig umzubringen. Dabei waren sie nicht sie selbst. Diese Dinger haben sie verändert! Die haben sie dazu gebracht!", erklärte Jordan.

Seine Antworten waren nicht wirklich zusammenhängend, aber seine letzte Aussage weckte meine Neugierde.

„Wer sind diese *Dinger*?", wollte ich von ihm wissen.

„Es waren diese Dinger. Sie kamen von diesem Schiff. Wir haben es noch nicht einmal kommen sehen. Sie waren plötzlich da und sind in unsere Köpfe eingedrungen."

Jordan holte tief Luft.

„Sie haben sie dazu gebracht, es zu tun. Es tut mir leid! Ihr müsst mir glauben!", flehte er.

Er redete noch ein paar Minuten wirres Zeug vor sich hin.

Ich wies Patrick an, ihn zu betäuben. Er würde die Dinge nur noch schlimmer machen, wenn er in Panik verfiel.

Wenn wir auch nur die geringste Chance haben wollten, Jordan sicher zurück zur Mondstation zu bringen, durfte er nicht bei Bewusstsein sein.

„Keine Sorge, Jordan! Wir holen dich hier raus!", meinte Patrick, als er ihn betäubte.

Innerhalb einer Minute war er Bewusstlos. Wir steckten ihn in einen Raumanzug und holten eine Trage, um ihn in unseren Buggy zu verladen.

Der Rest der Crew war verloren. Wir hatten keine andere Wahl, als die Leichen der Besatzungsmitglieder zurückzulassen.

Nachdem wir Jordan in den Buggy verladen hatten, bekamen wir einen Funkspruch von der Mondstation.

„Sicherheitsteam, hören Sie mich?", ertönte Jacksons Stimme aus unseren Funkgeräten.

„Jackson, wir hören dich. Wir konnten mit der Betankungsstation Kontakt aufnehmen. Es gibt eine Vielzahl von Opfern. Wir bringen einen Überlebenden zurück. Bereitet die Krankenstation vor!", antwortete ich ihm.

„Rick, wir haben den Kontakt zu den Stationen Vier, Fünf, Sieben und Zehn verloren. Wir empfangen mehrere Wärmesignaturen an der Oberfläche. Hier passiert irgendetwas merkwürdiges!", meinte Jackson in einem aufgeregten Tonfall.

Patrick und ich schauten uns an.

Trotz der Sonnenblende in seinem Helm konnte ich die Angst in seinem Gesicht erkennen.

„Beruhige dich, Jackson! Was genau ist passiert?", wollte ich wissen.

Es entstand eine kurze Pause, in welcher ich auf den nächsten Funkspruch wartete.

„Jackson, hörst du mich?", fragte ich nach.

Dann sagte Jackson die Worte, welche ich am meisten

befürchtet hatte.

Es waren Worte, von denen ich dachte, sie in den nächsten Jahren nicht zu hören. Es war ein kurzer Satz, welcher meine schlimmsten Ängste zusammenfasste.

„Sie sind hier.", sagte Jackson kühl.

3

Wir sicherten unseren Verletzten, damit er während der Fahrt zurück zur Mondstation nicht vom Buggy herunterfallen konnte.

„Was meinst du damit, Jackson?", hakte Patrick nach.

Er erhielt keine Antwort.

Mit hoher Geschwindigkeit über die Mondoberfläche zu fahren, war keine leichte Aufgabe. Mit all den Kratern war es eine ruckelige Fahrt und der stets präsente Staub erhöhte die Gefahr abzurutschen, während wir in Richtung der Station manövrierten.

„Sicherheitsteam, wir initiieren einen Lockdown! Hangar Zwei bleibt geöffnet, bis ihr ankommt. Allerdings müsst ihr euch nach der Ankunft in Quarantäne begeben.", erklärte uns Jackson per Funk.

„Verstanden. Wir werden in zehn Minuten eintreffen.", informierte ich ihn.

Nervös überprüfte ich den Horizont nach Anzeichen von Bewegung. Was auch immer für Kreaturen in diesen seltsamen Felsen gewesen sein müssen, sie hatten die gesamte Crew der Betankungsstation umgebracht.

Auf dem Rückweg sahen wir noch weitere dieser Felsen.

Jeder Felsen hatte die Form eines Diamanten.

Das glänzende Material, aus welchem sie bestanden, war tiefschwarz. Diese Schwärze schien das Licht verschlingen zu wollen.

Sie waren mit blasenartigen Säcken überzogen.

Einige waren geplatzt, während andere noch intakt waren. Die intakten Säcke pulsierten und zuckten.

Sie schienen nass zu sein. Das war seltsam, denn jede Flüssigkeit hätte sich im harschen Vakuum des Weltraums sofort verflüchtigt.

Wir stellten den Buggy vor dem Hangar Zwei ab und brachten Jordan in eine der Luftschleusen. Im Inneren wurden wir mit einem schrillen Alarm und einem Satz Isolierkapseln empfangen. Auf der anderen Seite der Luftschleuse stand mein Vorgesetzter Jackson.

„Ihr müsst alle die Kapseln betreten, während wir die Luftschleuse dekontaminieren!", befahl er uns nervös.

Jackson war eigentlich ein ungewöhnlich ruhiger Mann. Diese Ruhe, welche er ausstrahlte, färbte eigentlich auf alle ab.

Ihn am Rande der Panik zu sehen, ließ mich den Ernst der Lage erst wirklich realisieren.

„Jackson, ist das wahr?", fragte Patrick ihn eindringlich.

Er nickte ernst.

Mehr musste er nicht dazu sagen.

Damit wusste ich, dass die nächsten Tage das Schicksal nicht nur für uns, sondern auch für die gesamte Menschheit entscheiden würden.

Ich merkte, wie mir ein eiskalter Schauer über den Rücken lief.

Nachdem wir uns in die Isolierkapseln begeben hatten, bereiteten sie uns darauf vor, uns auf die Krankenstation zu bringen.

„Konntet ihr den Kontakt zu den anderen Sektionen wieder herstellen?", erkundigte sich Patrick.

Jackson schüttelte den Kopf.

„Die betroffenen Sektionen wurden beschädigt, als die schwarzen Kapseln auf der Mondoberfläche erschienen. Wir versuchen, den Kontakt zu eventuellen Überlebenden herzustellen, aber ich habe keine allzu großen Hoffnungen. Ich melde mich bei euch, sobald wir Neuigkeiten haben.", sagte er.

Mit diesen Worten drehte er sich um und eilte in Richtung seines Büros.

„In der Zwischenzeit macht ihr das, was die Ärzte euch sagen.", rief Jackson über seine Schulter, während er sich von uns entfernte.

Die Ärzte brachten uns auf die Krankenstation.

Jordan, der sich schwere Halsverletzungen zugezogen hatte,

wurde in einen separaten Raum gebracht.

Es war ein Forschungsraum. Das bedeutet, dass dieser ein Glasfenster zur Beobachtung hatte. Demnach gab es also keine Privatsphäre, als wir uns auszogen, um uns sterile Kleidung anzuziehen.

„Ihr solltet ihn lieber festbinden. Er ist nicht er selbst.", meinte Eric zu den Ärzten und zeigte durch das Glasfenster auf Jordan.

Als wir unter Quarantäne gestellt wurden, war die gesamte Mondstation bereits abgeriegelt worden. Jeder, der sich noch außerhalb der Hauptbasis befand, war von nun an auf sich allein gestellt.

Hinter den Glaswänden sahen wir Besatzungsmitglieder in Panik umher laufen. Sie versuchten alle, ihre Pflicht im Rekordtempo zu erfüllen. Währenddessen schrillten immer wieder Alarme durch die Station.

Befehle wurden durch die Lautsprecher gebrüllt.

Wir konnten nichts weiter tun, als zu warten und nutzlos in der Isolation festzusitzen. Jackson rief mich über das Telefon in der Isolationszelle an, um mich über die aktuelle Situation zu informieren.

„Rick, wir haben eure Testergebnisse in etwa einer Stunde. In der Zwischenzeit versuchen wir, mit jemandem außerhalb der

Hauptbasis Kontakt aufzunehmen. Wenn da draußen noch jemand am Leben ist, müssen wir einen Weg finden, unsere Leute wieder in die Station zu bekommen.", erklärte er mir.

„Haben wir Funkkontakt zur Erde?", fragte ich.

„Der Funkkontakt zur Erde ist derzeit unterbrochen, doch wir arbeiten daran, dass sich das wieder ändert.", antwortete Jackson.

Es trat eine kurze Pause ein.

„Oh mein Gott.", flüsterte Jackson.

„Jackson, was ist los?", wollte ich wissen.

„Wir …. Wir sehen jede Menge Hitzesignaturen auf den Monitoren.", stotterte er.

Mir gefror das Blut in den Adern. Ich wusste sofort, dass wir es mit einer Invasion zu tun hatten.

„Unsere Techniker konnten einige Aufnahmen der Überwachungskameras von der Betankungsstation bergen. Ich schicke dir die Datei.", meinte er.

Ich drehte mich zu dem Monitor um, welcher in unserer Isolationszelle an der Wand montiert war und gab meine Zugangsdaten ein.

Eine einzelne Videodatei war auf meinem Profil hochgeladen worden. Es waren ein paar Minuten des Filmmaterials.

Ich spielte die Datei ab und bereitete mich auf das schlimmste vor. Was uns begrüßte, war ein Blick von oben auf die Betankungsstation.

Laut dem Zeitstempel wurde die Aufnahme etwa eine Stunde vor unserer dortigen Ankunft gemacht.

Die Crew entspannte sich, scherzte herum und wartete auf das Ende ihrer Schicht.

Sofort erkannte ich Jordan, der seltsam still in der Ecke stand.

Er schien sich auf etwas zu konzentrieren, was auf der Aufnahme unsichtbar erschien.

„Hey, hört ihr das?", fragte er.

Die Crew verstummte und lauschte in die ruhige Umgebung.

„Was sollen wir denn hören?", fragte jemand.

„Ich weiß nicht, es klingt wie ….", begann Jordan.

Ohne seinen Satz beendet zu haben, griff Jordan nach einem Stift, welcher auf einem naheliegenden Tisch lag, und fing an, ihn sich in den Hals zu stechen.

Blut spritzte aus der Wunde und die Crew lief zu ihm, um ihn auf den Boden zu drücken.

„Was zum Teufel machst du da?", brüllte ihn der Stationsleiter an.

„Lasst mich los! Ich muss das machen!", wehrte sich Jordan.

„Holt die Kabelbinder!", rief Jordans Vorgesetzter.

Ein Tumult brach aus, als Jordans Kollegen versuchten, ihm

den Stift aus der Hand zu reißen.

„Boss, da draußen ist etwas!", rief eines der Besatzungsmitglieder.

„Wovon redest du da?", wollte der Stationsleiter wissen.

Nachdem sie Jordan an der Wand fixiert hatten, versammelte sich die Crew an einem der winzigen Fenster der Station, um nach draußen zu schauen.

Alle schienen vom Anblick dessen, was sie sahen, geschockt zu sein.

Nach etwa einer Minute griff der Stationsleiter zum Funkgerät und informierte die Mondstation über das nicht identifizierte Objekt.

„Ares, hier ist die Betankungsstation. Wir haben etwas auf der Mondoberfläche entdeckt und ich glaube, dass es hier nicht seinen Ursprung hat.", sprach er.

Als Antwort erhielten sie jedoch nur ein statisches Rauschen.

„Verdammt, der Funk ist abgeschnitten!", stellte der Leiter fest.

„Robbie, kannst du die Verbindung überprüfen?"

Ohne zu reagieren, rannte das Crewmitglied auf seinen Vorgesetzten zu und stach mit einem Schraubenzieher auf ihn ein. Seine Kollegen versuchten vergebens, ihn zu entwaffnen und die Situation zu deeskalieren.

„Lass den verdammten Schraubenzieher fallen!", befahl eines

der Crewmitglieder und nahm seinem Kollegen den Schraubenzieher ab.

Doch anstatt zu helfen, richtete er plötzlich den Schraubenzieher gegen sich selbst. Er schien verwirrt zu sein und schoss sich das Werkzeug in sein eigenes Bein.

Ungeordnet verteilte sich die Crew. Einige versuchten ihrem Chef zu helfen, während andere versuchten, ihrem Kollegen die Waffe abzunehmen.

Der Mann mit dem Schraubenzieher hatte den Stationsleiter jedoch bereits tödlich verletzt und richtete nun seine Aufmerksamkeit gegen sich selbst.

Er begann immer wieder in seine Schläfe zu stechen. Dabei weinte er. Einer nach dem anderen verfiel demselben Wahnsinn.

Innerhalb von Minuten erlag jedes Crewmitglied seinen Wunden. Alles gerade noch rechtzeitig, um Jordan zu retten.

Die Aufnahme brach abrupt ab und wir standen sprachlos vor dem Monitor.

„Was ist mit den anderen Sektionen?", fragte Patrick.

„Willst du dir das wirklich noch einmal anschauen?", fragte Eric.

Wir diskutierten gerade die unbestreitbare Wahrheit der Situation der bevorstehenden Invasion, als wir ein Stöhnen aus dem Nachbarraum hören konnten.

Wir erkannten Jordans Stimme. Er schien aufzuwachen und war glücklicherweise an sein Bett festgebunden.

„Wo bin ich?", fragte er.

„Du bist in Sicherheit, Jordan. Der Arzt wird sich um dich kümmern.", beruhigte ihn Patrick.

„Sie sind alle tot!", stammelte Jordan.

Wir merkten, dass er wieder panisch wurde.

„Wo ist eigentlich der Arzt?", fragte Patrick.

Der Chefarzt der Mondstation war ein Neurowissenschaftler fortgeschrittenen Alters namens Dr. Livingston. Der Neuling Daniel, mit welchem ich zum Mond geflogen war, war sein Nachfolger.

Wenn der Arzt schließlich in den Ruhestand gehen würde, würde Daniel die medizinische Leitung übernehmen.

Er wurde speziell für diesen Job ausgewählt.

Sie kamen beide ein paar Minuten später mit Jennifer auf die Krankenstation. Wir erzählten ihnen, was passiert war und sie bereiteten sich darauf vor, Jordan zu untersuchen.

Jackson kehrte ebenfalls zurück, nachdem er mit seiner Arbeit im Kontrollzentrum fertig war.

Er hatte die gesamte Sektion abgeriegelt und an sämtlichen Eingängen Wachen stationiert. Er wollte somit die Sicherheit gewährleisten.

Das Personal war knapp. Doch jeder war darauf trainiert worden, mit solchen Situationen umzugehen.

„Ich nehme an, Sie wurden über den Patienten informiert?", fragte der Arzt.

Er wandte sich mit dieser Frage an Daniel.

„Ja, mir ist die Situation bewusst.", antwortete Daniel.

„Sie müssen mir aufgrund der aktuellen Situation helfen. Wir müssen ihr Training abkürzen. Ich bin ohnehin der Meinung, das praktisches Handwerk mehr von Nützen für Sie ist.", meinte der Arzt.

Gemeinsam betraten sie die Isolierungszelle, in welcher sich Jordan befand. Jennifer wartete vor der Tür und war bereit, einzugreifen, falls Jordan wieder einer Psychose verfiel.

Was folgte, war eine Flut unangenehmer, aber notwendiger Fragen.

Jordan, der erst Stunden zuvor versucht hatte, sich umzubringen, war zweifellos von dieser Erfahrung erschüttert.

In welcher Trance er auch immer gewesen war, sie war lange vorüber.

Sie waren etwa zur Hälfte mit ihrer Untersuchung fertig, als ein weiterer Alarm durch die Station hallte.

„An alle Mitarbeiter in Sektion Acht! Sofort die Sektion

evakuieren!", ertönte eine Stimmer durch die Lautsprecher.

Jackson griff zu seinem Funkgerät.

„Hier spricht Sicherheitschef Jackson Henderson. Was zum Teufel ist los?", fragte er.

„Jemand hat gerade die Luftschleuse zu Sektion Acht gesprengt!", bekam er zur Antwort.

„Seit ihr in Sicherheit?", fragte Jackson besorgt.

„Sieben Leute des Sicherheitspersonals sind im Vakuum gestorben. Der Rest versucht gerade …."

Das Funkgerät verstummte für einen Moment.

„Oh mein Gott …. Räumt sofort den Sektor!", rief die Stimme.

Ein lautes Knallen ertönte aus dem Funkgerät.

„Was ist da bei euch los?", fragte Jackson.

„Diese Wesen sind in die Sektion eingedrungen und versuchen die Luftschleuse zu durchbrechen.", antwortete der Kollege über das Funkgerät.

Über das Funkgerät ertönte ein metallisches Krachen, bevor der Funkkontakt abbrach.

„Jennifer, bleib hier und hilf dem Arzt. Ich helfe unseren Leuten im Sicherheitsbüro.", sagte Jackson.

„Auf keinen Fall. Wenn du da rausgehst, dann komme ich mit. Du wirst jede Hilfe benötigen, die du bekommen kannst!", meinte Jennifer zu ihm.

„Was ist mit uns?", fragte ich.

„Rick, ihr müsst isoliert bleiben, bis die Testergebnisse da sind!", argumentierte Jackson.

Jennifer und Jackson rannten die langen Gänge hinunter in Richtung des Sicherheitsbüros.

Daniel und Dr. Livingston beendeten die Untersuchung von Jordan und forderten über Funk vom Labor, dass unsere Testergebnisse beschleunigt werden.

Zwanzig qualvolle Minuten vergingen, in welchen wir auf Neuigkeiten zur Situation warteten. Hin und wieder ertönte ein Knall durch die Gänge der Mondstation.

Über Funk konnte ich immer wieder Anfragen zur Verstärkung der Sicherheitsvorkehrungen hören, die aus verschiedenen Sektionen kamen.

Es waren Anfragen, auf die niemand eine Antwort bekam. Ich fühlte mich in diesem Moment nutzlos, isoliert gefangen zu sein und nicht helfen zu können. Dieses Gefühl der Ohnmacht fühlte sich wie ein Lähmung an.

Dann hörten wir das Geräusch von mehreren Schritten, die durch den Flur rauschten.

„Wach bleiben!", rief jemand.

Im nächsten Moment stürmten drei Menschen mit einer Trage in die Krankenstation. Auf der Trage lag Jackson, der aus mehreren Schusswunden am Unterleib stark blutete.

Ich erkannte Jennifer, die versuchte, die Blutungen zu stillen.

„Jennifer, was ist passiert?", fragte ich schockiert.

Sie ignorierte mich und brachte mit den beiden Kollegen Jackson in einen separaten Raum der Krankenstation.

Obwohl wir sie nicht direkt sehen konnten, so hörten wir dennoch das blanke Entsetzen in ihren Stimmen, als sie um Jacksons Leben kämpften.

Es war ein hoffnungsloser Kampf und aus früherer Erfahrung wusste ich, dass Jackson es nicht schaffen würde. Nur wenige Minuten später war er verblutet.

Jennifer kam in das Zimmer und schaute mich durch das Fenster der Isolierungszelle an. In ihren tränenden Augen stand eine Mischung aus Panik und Verzweiflung.

„Jennifer, ist er ....?", fing ich an.

Jennifer nickte.

„Ich habe ihn getötet.", sagte sie leise.

„Was hast du getan?", wollte ich wissen.

„Er ist einfach durchgedreht.", fuhr sie fort.

„Wir hatten das verwüstete Sicherheitsbüro untersucht. Obwohl der Sektor gesichert war, kam etwas hindurch. Jede Person, die das Büro nicht verlassen hatte, starb auf der Stelle."

„Wie viele waren es?", fragte ich.

„Siebenunddreißig Besatzungsmitglieder.", gab Jennifer schlicht zur Antwort.

Sie schluchzte einen Moment, bevor sie fort fuhr. Ihre blutüberströmten Hände zitterten von der Tortur.

„Als wir die zerstörte Sektion Acht untersuchen wollten und wir unsere Raumanzüge anzogen, meinte Jackson, dass er etwas gehört habe. Ich hatte meinen Helm bereits aufgesetzt und konnte nicht hören, von was er sprach. Dann hatte Jackson einfach ….", erzählte sie.

Jennifer wurde von einem weiteren lauten Knall unterbrochen. Daraufhin folgte ein weitere Alarm. Was auch immer diese Wesen waren, sie drangen nach und nach in die gesamte Mondstation ein.

„Er hat die anderen einfach erschossen und hätte auch mich fast erschossen. Ich hatte keine Wahl. Ich musste mich verteidigen.", erklärte Jennifer.

„Ich wollte ihn nur verletzen, doch die erste Kugel hat ihn noch nicht einmal aus der Fassung gebracht. Ich hatte einfach so lange auf ihn geschossen, bis er seine Waffe fallen ließ. Es ging alles so schnell."

Wir hatten keine Möglichkeit mehr, das Gespräch fortzusetzen, bevor die Sanitäter kamen, um uns aus der Isolierungszelle zu lassen.

Auch ohne schlüssige Testergebnisse wurde uns befohlen, die Krankenstation zu evakuieren. Die gesamten Überlebenden der Mondstation zog sich in Sektion Drei zurück.

Sektion Drei ist der zentralste und sicherste Knotenpunkt der gesamten Station.

„In fünf Minuten werden alle Türen geschlossen. Wir müssen sofort los!", sagte einer der Sanitäter.

Da wir keine Zeit hatten, uns anzuziehen, rannten wir sofort zur Sektion Drei. Dabei waren wir bereit, gegen sämtliche Kreaturen zu kämpfen, die die Mondstation betreten hatten.

„Ich verstehe es einfach nicht. Wie konnten wir es übersehen, dass sie bereits hier sind?", fragte Jennifer.

„Ich weiß es nicht.", gab ich zur Antwort.

Auf unserem Weg kamen wir an zahlreichen abgeriegelten Abschnitten vorbei, welche durchbrochen wurden und deren Atmosphäre durch ein Vakuum ersetzt worden war.

Durch die Fenster, welche in den Türen der einzelnen Abschnitte eingelassen waren, konnten wir die Leichen unserer verstorbenen Kollegen sehen.

Ich empfing mehrere Notrufe über mein Funkgerät. Doch wir konnten nichts tun, um unseren Kollegen in Not zu helfen. Uns blieb nur die Hoffnung, dass es so viele Überlebende in die Sektion Drei schafften, damit wir einen organisierten

Widerstand gegen die Eindringlinge auf die Beine stellen konnten.

„Rick, bist du da?", fragte eine Stimme über Funk.

Ich erkannte sie sofort.

Sie gehörte Brandon Cliffort, einem der leitenden Sicherheitsbeamten.

„Ich bin hier. Wir sind auf dem Weg zur Sektion Drei.", antwortete ich.

„Ihr müsst in das Labor der Sektion Drei kommen!", antwortete Brandon.

„Warum sollen wir in das Labor kommen?", hakte ich nach.

Ich konnte durch das Funkgerät hören, wie Brandon tief durchatmete.

„Wir haben einen von ihnen.", meinte er schließlich.

4

Mit mehreren Billionen US-Dollar war die Mondstation das teuerste Projekt in der Geschichte der Menschheit. Sie ließ die Kosten für die Internationale Raumstation wie ein Taschengeld erscheinen, aber für ihren Zweck waren es diese Kosten wert.

Unser Ziel war einfach. Wir sollten nach außerirdischer Intelligenz suchen und die Erde im Falle einer Invasion schützen. Die Planungen fingen in den frühem 1970er – Jahren an und der Baubeginn fand im Jahr 1988 statt. Die Bauarbeiten sollten zehn Jahre andauern.

Nun schreiben wir das Jahr 2034. Die Mondstation war seit dem Jahr 1998 dauerhaft von Menschen bewohnt, aber doch hatten die Eindringlinge nur ein paar Stunden gebraucht, um uns zum Schweigen zu bringen.

Mit einem Schlag hatten sie unser gesamtes Verteidigungssystem ausgeschaltet, mehr als die Hälfte der Besatzungsmannschaft getötct und nun stand die Erde auf ihrer Agenda.

Brandon Cliffort hatte bereits ein Team von Ärzten und Ingenieuren im Labor der Sektion Drei versammelt. Nachdem einige der Sektionen beschädigt worden waren und dort nun das Vakuum des Weltalls vorherrschte, war es eine schwierige Aufgabe, in die Sektion Drei zu gelangen.

Anstatt durch die Lüftungssysteme zu kriechen, zogen wir uns Raumanzüge an, welche wir in einer noch intakten Luftschleuse fanden und durchquerten die beschädigten Sektionen, bis wir unser Ziel erreichten.

Auf dem Weg dorthin beteten wir, dass der tote Außerirdische uns die Antworten geben könnte, nach denen wir so verzweifelt suchten.

„Haben sie das Wesen wirklich getötet?", fragte Jennifer.

„Ich hoffe es. Ich habe Zweifel daran, dass wir mit diesen Wesen verbal kommunizieren könnten.", meinte ich.

„Außerdem ist es Zeit für eine Revanche. Immerhin haben sie mehr als die Hälfte unserer Leute getötet.", warf Eric ein.

Als wir endlich Sektion Drei erreichten, wurden wir von einer Reihe schwerer Metalltüren empfangen.

Sie waren stark genug, um dem Vakuum des Weltalls zu widerstehen und womöglich einer Nuklearexplosion standzuhalten.

Die Türen dieser Sektion konnten nur manuell gesteuert werden und mussten von innen aktiviert werden.

„Brandon, bist du da drin?", fragte ich über Funk.

„Ja. Geht es dir gut, Rick?", antwortete Brandon.

„Mir fehlt nichts. Ich habe mein Team bei mir. Kannst du uns reinlassen?", bat ich ihn.

Wir hörten, wie sich im Inneren die Luftschleuse schloss, welche die Sektion von der Metalltür trennte. Mit einem leisen Zischen wurde der Sauerstoff aus der Luftschleuse gezogen. Daraufhin öffnete sich die Metalltür.

Sektion Drei war eine Art riesiges Labor, welches sich verschiedene Gruppen von Wissenschaftlern teilten.

Jede Gruppe arbeitete vor dem Angriff der Außerirdischen an einem anderen Projekt.

Von diesem Labor gab es insgesamt zwei Stück auf der Mondstation. Das zweite Labor befand sich in Sektion Sieben. Diese fiel jedoch gleich zu Beginn der Invasion in die Hand der Eindringlinge.

Nachdem sich die Metalltür hinter uns wieder geschlossen hatte und der Sauerstoff in die Luftschleuse hineingelassen wurde, nahmen wir unsere Helme ab und betraten Sektion Drei.

Am anderen Ende der Sektion befand sich ein Sezierraum. Dieser wurde eigentlich dafür eingerichtet, die Auswirkungen der geringen Schwerkraft auf den menschlichen Körper zu untersuchen.

Doch nun diente er als Autopsie für einen totes Wesen, welches nicht von der Erde stammte.

Brandon empfing uns vor der Autopsie.

Er hatte sich eine massive Schnittwunde im Gesicht zugezogen, welche sein linkes Auge verletzt hatte und mit einem behelfsmäßigen Verband bedeckt war.

In einer der Ecken bemerkte ich mehrere Leichen. Obwohl ich sie nicht persönlich kannte, erkannte ich sie als Wartungsmannschaft des Labors wieder.

„Was ist mit ihnen passiert?", wollte ich von Brandon wissen und zeigte auf die Leichen.

„Einer von ihnen beschwerte sich über plötzliche Kopfschmerzen. Er meinte, dass er in seinem Kopf Stimmen hören würde. Im nächsten Moment bekam er eine Psychose und ging mit einem Messer auf mich los.", erzählte Brandon.

Er holte tief Luft.

„Also versuchte ich, Distanz zu ihm aufzubauen. Daraufhin begann er seine Kollegen zu erstechen. Mir blieb keine andere Wahl, als ihn zu erschießen."

„Was ist mit den anderen beiden?", fragte Patrick und deutete auf deren ausgestochenen Augen.

„Sie …. Sie haben sich einfach auf ihre Messer gestürzt und angefangen, sich selber zu verstümmeln. Ich konnte sie nicht aufhalten.", seufzte Brandon mit bedrückter Stimme.

Er hielt kurz inne.

„Erst als mich das Adrenalin packte, bemerkte ich, dass diese Kreatur im Flur stand. Ich kann es einfach nicht erklären. Sieh dir das Ding selbst an.", fuhr er fort.

Wir betraten die Autopsie.

Dort, auf dem Tisch, lag eine riesige Kreatur. Obwohl sie vage humanoide Merkmale wie Arme und Beine aufwies, standen sie in keinem Verhältnis zu dem, was auf der Erde funktionieren würde.

Seine Haut war kränklich. Sie hatte einen blasse Färbung und war mit einer schleimigen Substanz überzogen. Die Arme reichten weit über die Beine hinaus, welche in der Mitte in zwei Hälften gespalten waren.

Anstelle von Augen, Ohren oder einem Mund war der Kopf mit tiefen, dunklen Hohlräumen bedeckt. Es gab mehrere Einschusslöcher in seinem Torso, von denen ich annahm, dass sie die Todesursache gewesen sein mussten.

Aber trotz der Verwendung des großkalibrigen Gewehrs, gab es keine Austrittswunden.

„Es ist auch wirklich tot?", fragte Jennifer nervös.

„Das wissen wir nicht. Als ich auf die Kreatur geschossen hatte, sackte sie in sich zusammen.", erklärte Brandon.

„Der Vorfall liegt etwa eine Stunde her. Seitdem hat sich seine

Körpertemperatur nicht verändert und es scheint auch nicht zu bluten."

Dr. Livingston trat an den Tisch heran und begann das Wesen zu untersuchen.

„Hat es in der Zwischenzeit irgendein Lebenszeichen von sich gegeben?", fragte er.

Brandon verneinte seine Frage, während er versuchte, mit seinem fehlenden Auge fertig zu werden.

„Was ist mit ihm passiert, bevor du ihn erschossen hattest?", mischte ich mich ein.

„Das Ding wanderte durch den Flur. Als wir uns gegenüber standen, zögerte ich nicht lange und eröffnete sofort das Feuer. Ich hatte zwei Magazine benötigt, bevor es endlich zu Boden ging.", erzählte Brandon.

Er warf einen Blick auf die Einschusslöcher.

Die Wunden sahen seltsam sauber aus und die Projektile darin waren anscheinend verschwunden. Es sah so aus, als hätte die Kreatur die Projektile einfach verdaut.

„Was denken Sie, Dr. Livingston?", fragte Brandon.

Dr. Livingston murmelte etwas vor sich hin.

„Es ist eine bemerkenswerte Kreatur. Ich habe meine Theorien, aber ich müsste sie öffnen, um sicher zu sein.", meinte er.

„Auf was warten Sie dann? Legen Sie endlich los!", sagte

Brandon entschieden.

„Seien Sie nicht lächerlich! Dieses Wesen kann man nicht einfach mit einem Skalpell aufschneiden. Seine Haut ist viel zu kräftig. Außerdem werden wir es zuerst scannen.", konterte Dr. Livingston.

Die Kreatur muss mindestens drei Meter groß gewesen sein und soviel wie wir alle zusammen gewogen haben.

Zusammen zogen wir es auf einen beweglichen Tisch und fuhren es zum CT – Scanner.

Einmal hineingeschoben, zögerte Dr. Livingston nicht, die Maschine zu starten. Als die Maschine mit der Aufnahme von Bildern begann, war ein lautes Surren zu hören.

„Verdammt nochmal!", rief der Arzt, als der Computer die Bilder erstellt hatte.

Für das ungeübte Auge sah es wie ein riesiges Leuchtfeuer aus, das den größten Teil des Bildschirmes einnahm.

„Was ist das?", fragte Patrick.

„Starburst – Effekt. Das passiert, wenn Metall der Aufnahme im Weg ist.", erklärte Dr. Livingston.

„Sie müssen etwas in den Kopf der Kreatur gesteckt haben und wir werden es entfernen müssen.", fügte Daniel hinzu.

Dr. Livingston stand auf und eilte davon, um ein paar Werkzeuge zu holen.

Ein paar Momente später kehrte er mit ein paar Eispickeln und einem Hammer zurück.

Ohne darüber nachzudenken, begann er den Schädel der Kreatur zu bearbeiten. Obwohl die Haut dick und zäh war, schien sie keine Knochen zu beinhalten.

Es dauerte also nicht lange, bis er eine kleine Metallkiste aus dem Kopf der Kreatur heraus holte.

„Ich muss die Kiste auseinandernehmen, um sicher zu gehen.", sagte der Arzt und begann den Gegenstand zu bearbeiten.

„Es sieht merkwürdig primitiv aus. Vielleicht …."

Noch bevor er den Satz beenden konnte, ertönte ein hoher Ton aus den Lautsprechern des Raumes. Wir fielen zu Boden und hielten uns qualvoll die Ohren zu.

Brandon war der einzige, der noch auf den Beinen war. Er rannte zu Dr. Livingston, um ihn die Kiste aus der Hand zu nehmen.

Er warf sie auf den Boden und fing an, darauf einzutreten.

Als die Metallbox in ihre Einzelteile zerbrach, hörte das Geräusch endlich auf.

„Warum haben Sie das getan?", fuhr ihn Dr. Livingston wütend an.

„Weil das verdammt laut war!", wehrte sich Brandon.

Dr. Livingston sammelte die Metallscherben ein und legte sie auf den Tisch, um sie zu untersuchen.

In der Zwischenzeit wiederholte Daniel den Scan. Wir warteten ungeduldig, als die Maschine die leblose Kreatur umkreiste und langsam ein Bild auf dem Computer generierte.

„Wow! Das ist unglaublich!", murmelte Daniel vor sich hin, als er über den Außerirdischen schaute.

Dr. Livingston gesellte sich zu ihm und gemeinsam warfen sie einen medizinischen Jargon umher, welchen keiner von uns verstehen konnte.

Nachdem sie ein paar Minuten über die Anatomie des Wesens diskutiert hatten, begannen sie besorgt auszusehen.

Sie eilten zum Schaltpult des Labors und trennten sämtlichen Funkverkehr nach außen und schalteten die Lautsprecher des Labors aus.

„Schaltet eure Funkgeräte aus!", wies uns Daniel an.

Im Labor herrschte eine Stille, wie ich sie noch nie erlebt hatte.

Wir warteten auf eine logische Erklärung der beiden Ärzte.

„Schallwellen.", sagte Daniel. „Sie nehmen ihre Umgebung durch Schallwellen wahr."

In Daniels Stimme war eine Mischung aus Aufregung und Entsetzen enthalten.

„Schallwellen?", fragte Brandon.

„Ja. Ihre Kommunikation basiert auch auf Schallwellen. So

versetzen sie Menschen in Trance und bringen sie so dazu, sich und andere Menschen umzubringen. Diese Schallwellen erscheinen in Form von Stimmen in den Köpfen der Menschen.", erklärte Daniel.

Dr. Livingston untersuchte die Scherben der Metallkiste weiter, um verzweifelt seinen Zweck herauszufinden.

„Das ist ein Wandler.", stellte er plötzlich fest.

Dabei musterte er weiterhin die Scherben.

„Es wandelt Schallwellen in Radiowellen um. So kommunizieren sie wahrscheinlich auch im Vakuum. Das bedeutet auch, dass sie unsere Kommunikationskanäle übernehmen können."

„Denken Sie, dass sie das gegen uns verwenden können?", fragte ich.

Er nickte.

„Diese Dinger sind anders als alles, was man auf der Erde findet. Sie haben weder ein zentrales Nervensystem noch brauchen sie ein Herz, um Blut durch ihren Körper zu pumpen. Wenn überhaupt, dann ähneln sie Insekten.", meinte Dr. Livingston.

„Wir müssen es einfrieren. Wir wissen nicht, ob es noch lebt. Also lassen Sie Vorsicht walten!"

Wir hoben das Wesen auf einen Tisch und schoben es in

Richtung des Gefrierschrankes.

Der Gefrierschrank konnte Dinge bis auf wenige Grad über den absoluten Nullpunkt herunter kühlen.

Der absolute Nullpunkt war eine Temperatur, welche sogar Atome daran hinderte, sich zu bewegen.

„Wir müssen die anderen warnen!", sagte Jennifer.

„Senden Sie eine Warnung an alle noch intakten Sektionen und alle Überlebenden, welche sich noch außerhalb der Mondstation befinden. Fassen Sie sich dabei kurz!", befahl ihr Dr. Livingston.

Als wir versuchten, das Wesen in den Gefrierschrank zu schieben, bemerkte ich, dass sie zuckte.

Bevor ich die anderen auch nur warnen konnten, erstarrte Brandon einfach.

„Nein …. Nein …. Nein ….!", wiederholte er immer wieder.

Der Außerirdische bewegte sich wieder, aber er war nicht stark genug, um aufzustehen. Er war eindeutig nicht tot.

„Es ist …. Es ist in meinem Kopf! Holt es raus!", rief Brandon, als er seine eigene Waffe an seine Schläfe richtete.

Ich stürzte mich auf ihn, um seinen Arm festzuhalten.

Dabei löste sich versehentlich aus Brandons Waffe ein Schuss.

Das Projektil prallte vom Boden ab und traf Dr. Livingston ins Bein.

Als ich versuchte, Brandon niederzuringen, verfielen zwei der anderen Wachen dem Wahnsinn.

Ohne zu zögern griffen sie nach jedem scharfen Gegenstand, den sie finden konnten und fingen an, auf ihren eigenen Körper einhacken.Es dauerte nicht lange, bis sie an ihren Verletzungen verbluteten.

Brandon warf mich zu Boden. Seine Waffe hatte er im Tumult weggeworfen. Sie lag nun zu weit weg, als dass er sie hätte erreichen können.

Anstatt weiter gegen ihn zu kämpfen, schnappte ich mir eine Flasche Isopropanol und schüttete sie über den Außerirdischen. Bevor mich jemand aufhalten konnte, zündete ich ihn an und setze somit das Monster in Brand.

Obwohl es in Flammen stand, ging es auf Brandon und die Mannschaft der Sektion Drei los. Dabei sprangen die Flammen auf die Körper der anderen über. Es war ein grausamer Anblick, Brandon und seine Mannschaft dabei zuzusehen, wie sie den Flammentod starben.

Im nächsten Moment schaltete sich die Sprinkleranlage ein und fing an, ein Gemisch aus Trockeneis und Kohlendioxid zu versprühen.

Trotz unserer Bemühungen, die Flammen zusätzlich mit den vorhandenen Feuerlöschern zu bekämpfen, griff das Feuer weiter um sich.

Es würde nicht mehr lange dauern, bis das Labor komplett zerstört sein würde.

In der Zwischenzeit hatte Daniel versucht, die Blutung an Dr. Livingstons Bein zu stillen, aber es erwies sich als vergeblich.

„Das Projektil hat seine Oberschenkelarterie erwischt. Ich kann die Blutung nicht aufhalten!", meinte Daniel.

Zu diesem Zeitpunkt wurden sekundäre Maßnahmen zu Brandbekämpfung eingeleitet.

Das bedeutete, dass das Sicherheitssystem der Mondstation automatisch den Sauerstoff aus der Sektion über speziell angebrachte Ventile in der Decke herauszog.

Uns war klar, dass wir so schnell wie möglich unsere Raumanzüge anlegen mussten. Wir hatten zwei Minuten Zeit, bevor der Sauerstoffgehalt auf ein tödlich niedriges Niveau sinken würde.

„Warten Sie!", rief Dr. Livingston.

Sein Gesicht war vom Blutverlust bereits blass geworden und ich konnte erkennen, dass er nur noch wenige Augenblicke vom Tod entfernt war.

„Sie müssen Ihre Funkgeräte ausschalten! Es ist nur eine Frage der Zeit, bis sie herausfinden, wie sie unsere Kommunikationskanäle abfangen können.", befahl er uns.

Dabei wurde sein Atem immer schwächer.

Das bedeutete, dass wir mit gar keiner Möglichkeit zu kommunizieren da draußen waren. Trotz der erschreckenden Erkenntnis wussten wir alle, dass er Recht hatte.

„Was ist mit Ihnen?", fragte Patrick.

„Wir alle wissen, dass ich am Ende bin. Gehen Sie einfach!", meinte Dr. Livingston nüchtern.

Ich warf einen Blick auf die brennenden Überreste meines ehemaligen Sicherheitsteams. Eric, John und Jennifer versuchten zwar immer noch das Feuer zu löschen, aber es war viel zu spät.

„Wie sollen wir sie aufhalten?", fragte ich.

„Das können Sie nicht.", antwortete der Dr. Livingston, womit seine Stimme mit jedem Wort immer schwächer wurde.

„Aber Sie können die Erde warnen."

Wir rüsteten uns im Rekordtempo aus und machten uns bereit, die Sektion Drei durch die Metalltür wieder zu verlassen.

Die Luftschleuse würde bis zum erlöschen des Feuers verschlossen bleiben, was bedeutet, dass wir solange warten mussten.

Jennifer schnappte sich ein kleines tragbares Whiteboard und einen Filzstift, damit wir im Vakuum des Weltalls zumindest visuell kommunizieren konnten.

Der Gedanke, dort raus zu gehen, machte mir Angst.

„Lassen Sie das nicht umsonst gewesen sein!", keuchte Dr.

Livingston.

Mit diesen Worten verstarb er an seiner Schusswunde.

„Es ist Zeit zu gehen.", sagte ich zu den anderen.

Ein paar Sekunden später hörten wir, wie sich die Metalltür

entriegelte und von alleine auf glitt.

Der Tod war auf unserer Reise zu einem schicksalhaften

Begleiter geworden. Doch wenn wir die Erde warnen konnten,

waren die vielen Todesopfer nicht umsonst gewesen.

5

Es gibt viele Missverständnisse, wenn es um den qualvollen
Tod geht, den man im Vakuum erleiden kann.

Wenn zum Beispiel der Raumanzug eines Astronauten versagt,
wie lange würde es dauern, bis er endgültig stirbt? Würde das
Blut zu kochen beginnen oder würde man einfach explodieren,
wenn man dem inneren Druck des Körpers nicht mehr
standhalten könnte?

Vielleicht erfriert man auch einfach.

Glücklicherweise ist das alles nicht der Fall. Der Körper hält
vielmehr aus, als man denkt.

Weder kochen Flüssigkeiten nicht, wenn sie sich in einem
geschlossenen System befinden, noch kann etwas so schnell
gefrieren. Wärme kann unserem Körper nicht so leicht
entkommen, ohne in etwas übergeleitet zu werden.

In Wirklichkeit ist der Tod eines Astronauten im Vakuum ein
erschreckender, aber schneller Prozess.

Einmal mit der ewigen Dunkelheit des Weltraums konfrontiert,
gibt es keine Hoffnung mehr auf die Möglichkeit des
Überlebens.

Es gibt nur wenige natürliche Öffnungen am menschlichen
Körper. Zuerst wird die Luft aus der Lunge gesaugt.

Egal wie sehr man versucht, den Atem anzuhalten.

Es ist einfach eine vergebliche Aufgabe. Kurz darauf kollabiert der Körper innerhalb weniger Sekunden.

Dann wird der Inhalt des Verdauungstraktes herausgezogen.

Nach ungefähr fünfzehn Sekunden verliert man das Bewusstsein. Zuvor bemerkt man noch, wie der eigene Speichel zu kochen beginnt und die Adern im Auge anfangen, zu reißen.

Damit resigniert der Körper und man ist dazu verdammt, durch das Weltall zu treiben. Dabei wird der Körper niemals verrotten.

Das sind die Gedanken, welche mir jedes Mal durch den Kopf setzen, wenn ich einen Raumanzug für jegliche Art von Außenaktivität anziehe. Nur war dieses Mal das gefährliche Territorium nicht das Weltall und auch nicht die Oberfläche des Mondes, sondern unsere eigene Mondstation.

Beim Einmarsch der Außerirdischen wurden bereits mehr als achtzig Prozent der Station beschädigt.

Somit herrschte in den betreffenden Sektionen ein Vakuum.

Wir konnten nur beten, dass außer uns einige Mitarbeiter diesen Wahnsinn überlebt hatten.

Bei jedem normalen Weltraumspaziergang hatten wir unsere Kommunikationskanäle, um miteinander zu sprechen.

Aber da die Außerirdischen unsere Funkgeräte kaperten, um uns zu töten, hatten wir keine andere Wahl, als still durch die Gegend zu laufen.

Das einzige, was uns blieb, war ein winziges Whiteboard, um einfache Nachrichten zu übermitteln.

John, Patrick, Eric, Jennifer, Daniel und ich machten uns auf den Weg zur Sektion Eins. Diese Sektion war der Sammelpunkt für eine Notfallevakuierung der gesamten Mondstation.

Da wir keinen Funkkontakt zu dieser Sektion und wir die Zerstörungen der anderen Sektionen gesehen hatten, befürchteten wir das Schlimmste.

Wir hatten keine andere Wahl, als nachzusehen.

Jennifer schrieb etwas auf das Whiteboard und hielt es vor uns hoch.

„Abkürzung. Hier entlang!", las ich.

Da wir keine Möglichkeit hatten zu interagieren, blieb uns nichts anderes übrig, als Jennifers Anweisung zu folgen. Sie brachte uns zu einer Serviceluftschleuse der Sektion Eins, welche seit dem Bau der Mondstation nicht mehr benutzt wurde.

Zumindest erlaubte sie es uns, die meisten Gänge der Mondstation, in denen sich die Außerirdischen aufhielten, zu umgehen.

Auf der Mondoberfläche erblickten wir etwa ein Dutzend neuer Kapseln der Eindringlinge.

Jede Kapsel hatte mindestens ein Alien beherbergt, aber sie waren nirgends in Sicht. Wir blieben also weiterhin wachsam, als wir uns in Richtung Sektion Eins schlichen.

Unsere bisherige Theorie war, dass die Aliens uns anhand der Funksignale orteten.

Ob sie uns auch ohne diese Funksignale finden können, blieb eine unbeantwortete Frage.

„Waffen bereit!", schrieb Jennifer auf das Whiteboard, als wir die Serviceluftschleuse betraten.

Ich hielt erwartungsvoll den Atem an.

Jennifer öffnete manuell die Luftschleuse. Wir gingen davon aus, dass uns ein Luftstoß entgegen kam, welcher in das Vakuum des Weltraums gezogen wurde.

Doch uns erwartete ein weiteres Vakuum im Inneren. Mir drehte sich der Magen um, als mir klar wurde, dass auch diese Sektion der Mondstation untergegangen sein könnte.

Wir hoben unsere Waffen und waren bereit, uns sämtlichen Außerirdischen auf der anderen Seite der Luftschleuse zu stellen.

Als sich die Sicherheitstür der Serviceluftschleuse schloss und sich die Tür zum Serviceabteil der Sektion Eins öffnete, erblickten wir etwas, was der Mondstation in keinster Weise mehr ähnelte.

Der gesamte Abschnitt war zerstört und die Atmosphäre im Inneren durch ein Vakuum ersetzt.

Der Boden war mit verkohlten Fleischstücken bedeckt. Überall lagen verstümmelte Körperteile herum, welche wohl zu Menschen als auch zu den Außerirdischen gehörten.

Ich durchsuchte den Flur nach einer Erklärung und fand schnell ein massives Loch im Rumpf des Ganges. In einem letzten Akt der Verzweiflung hatte wohl jemand die Außenhülle des Serviceabteils gesprengt.

Anscheinend wollte man so viele Aliens wie möglich töten und es gab wohl auf keiner Seite einen Überlebenden.

Trotz der heldenhaften Bemühungen der Mannschaft gab es immer noch unzählige Außerirdische, welche die Mondstation durchstreiften.

Jennifer eilte zum Sicherheitspult des Abteils und startete es auf wundersame Weise, während der Rest von uns den Bereich sicherte.

Ohne auch nur eine Sekunde zu verlieren, machten wir uns an die Arbeit, die Bodenkontrolle auf der Erde zu kontaktieren, um sie vor der drohenden Zerstörung zu warnen.

Unser Leben schien im Vergleich zum Schicksal der Erde

unbedeutend.

Leider waren die wenigen Satelliten, über welche wir Kontakt

mir unserer Heimat aufnehmen konnten, außer Reichweite oder

wurden während der Invasion bereits zerstört.

Ohne ein Kommunikationsmittel, mussten wir die

Bodenkontrolle persönlich warnen, was einer kompletten

Evakuierung der gesamten Mondstation bedeutete.

In den Protokollen stand geschrieben, dass in einem solchen

Fall zuerst alle Überlebenden zusammengezogen werden

mussten.

Innerlich betete ich, dass jemand den Eindringlingen

entkommen ist. Tief in mir wusste ich aber, dass dies nur eine

winzige Hoffnung war.

Wir hatten versucht, alle bekannten Wärmesignaturen über das

System der Mondstation zu verfolgen. Es war ein langsamer

Prozess, die vielen Aliens dabei herauszufiltern. Wir hofften,

dass sie uns dabei nicht finden würden.

Daniel durchsuchte die Räume des Abteils nach Überlebenden,

doch sie waren alle bei der Explosion ums Leben gekommen.

Es war ein fürchterliches Gefühl, dabei in der absoluten Stille

Wache zu halten.

Hin und wieder warf ich Jennifer einen Blick zu, um zu sehen,

ob sie bei der Verbindung mit einem Satelliten Fortschritte

verzeichnen konnte.

Obwohl ich ihr Gesicht durch den Helm nicht sehen konnte, konnte ich an ihrer Körpersprache erkennen, dass dies nicht der Fall war. Sie verlor schnell den letzten Funken Hoffnung, den sie noch hatte.

Nach ein paar Minuten hielt sie das Whiteboard hoch.

„154 Außerirdische.", las ich.

Ich schaute sie mit einer Mischung aus Schock und Ehrfurcht an und wusste nicht, wie oder was ich antworten sollte.

Stattdessen zeigte ich auf die vielen Leichen, die im Serviceabteil verstreut auf dem Boden lagen, in der Hoffnung, dass sie den Kern meiner Frage verstehen würde.

Jennifer säuberte das Whiteboard und schrieb eine einzelne Ziffer darauf.

„Null.", stand nun darauf geschrieben.

Ich zuckte mit den Schultern, um zu fragen, was nun unser nächster Plan war.

„Die Fabrik.", schrieb sie zur Antwort.

Die Fabrik war die Testeinrichtung für unsere Waffen gewesen.

Sie war etwa zwei Kilometer von der Sektion Eins entfernt.

Zum Zeitpunkt der Invasion war sie wochenlang nicht bemannt gewesen.

Es war einfach eine Forschungsabteilung gewesen, welche

selten genutzt wurde. Wir nutzten sie nur, wenn wir neue Technologien testen wollten.

Sie beinhaltete mehrere Fluchtkapseln, doch was Jennifer dort genau wollte, konnte ich nicht sagen.

Zumindest schien die Fabrik eine der wenigen Sektionen zu sein, die noch nicht in die Hand der Außerirdischen gefallen war. Die Tatsache, dass von dort aus Funksignale ausgesandt worden, bedeutete, dass es dort eventuell Überlebende gab.

Jennifer zeigte hektisch auf den Bildschirm des Computers.

Es schien, dass unsere Aktivitäten in der Serviceabteilung unerwünschte Aufmerksamkeit der Außerirdischen auf sich gezogen hatte.

Sie steuerten direkt auf uns zu.

Sofort zogen wir uns in die Luftschleuse zurück und hofften, dass wir aus der Abteilung herauskommen würden, bevor die Aliens bei uns waren.

Leider waren wir zu langsam. Fünf von ihnen kamen in den Flur und starrten uns nur verwirrt an.

Sie schienen nicht zu verstehen, wie wir ihren hypnotischen Schallwellen widerstehen konnten. Ohne zu zögern eröffneten wir das Feuer auf sie und gingen rückwärts in Richtung Luftschleuse.

Als die Aliens bemerkten, dass wir uns wehren konnten,

stürmten sie mit einer unglaublichen Geschwindigkeit auf uns zu.

John stellte sich vor uns und schoss mit einer beeindruckenden Präzision drei Kugeln auf einen von ihnen.

Er schien seinen Verstand für einen Moment ausgeschaltet zu haben, denn er blieb zu lange stehen.

Ein Alien packte John und hob ihn hoch.

„John!", rief ich dummerweise.

Ich erinnerte mich daran, dass er mich gar nicht hören konnte.

Es war zu spät. Kaum hatte der Alien ihn berührt, richtete er die Waffe gegen sich selbst.

Die Kugel durchbohrte sein Unterleib und Blut spritzte durch das entstandene Loch aus seinem Raumanzug heraus. Der Alien riss den Helm von seinem Anzug herunter.

Mir wurde bewusst, das John verloren war.

Das Vakuum und die Schusswunde würden ihn in weniger als einer Minute töten. Wir konnten nichts weiter tun, als auf die Aliens zu schießen und uns weiter in Richtung der Luftschleuse zurückzuziehen.

Da wir für John nichts mehr tun konnten, schlossen wir die Luftschleuse und warfen ihm einen letzten mitleidigen Blick zu, bevor sich die Metalltür auf der anderen Seite der Luftschleuse öffnete.

Wir stürmten hinaus und versiegelten die Tür von außen.

Wir wussten, dass dies die Außerirdischen nicht lange aufhalten konnte.

Es verschaffte uns allerdings etwas Zeit, um Abstand zu ihnen aufzubauen. Ich drehte mich kurz zu der Tür um und schaute bestürzt darauf, als ich an John dachte.

Die Invasion hatte ihr nächstes Todesopfer gefordert.

6

Wirf einen Blick aus deinem Fenster.

Bewundere die Schönheit, welche die Welt dir gibt. Die Bäume, der Himmel und das Lachen der Kinder. Sie laufen umher und wissen nicht, dass ihre Zeit auf Erden jeden Moment enden könnte.

Es könnte in weniger als einer Sekunde passieren, während sie nachts ruhig schlafen und sie würden es noch nicht einmal bemerken.

Stell dir vor, du fährst von der Arbeit nachhause.

Ein kurzer Blitz erfüllt den Himmel und dann nichts. Die Welt geht unter und hinterlässt keine Spur von Leben. So würde ein Gammastrahlenblitz aussehen, wenn er die Erde treffen würde.

Es gibt Dinge im Universum, welche wir nicht aufhalten können.

Sonneneruptionen, Schwarze Löcher und sogar die Umkehrung der magnetischen Pole. Das Universum ist eine endlose, schreckliche und gnadenlose Leere, die vollgestopft ist mit Unsicherheit.

Unser Platz darin ist absolut unbedeutend.

Wir sind nur Parasiten in einer feindseligen Blase, die jeden Moment dazu bereit ist, zu platzen.

Dennoch nehmen wir uns nie einen Moment Zeit, um unser Glück wertzuschätzen.

Jeder Atemzug könnte dein letzter sein. Also stelle sicher, dass es sich lohnt. Das waren die Worte, als ich dabei zusah, als John leblos zu Boden fiel.

Er war durch seine eigene Hand gestorben.

Es waren Worte meines alten Professors. Er war ein Genie mit einer faszinierenden Persönlichkeit. Eine Persönlichkeit, die sicherstellen wollte, dass wir alle verstanden, wie zerbrechlich das Leben wirklich ist.

John hatte seines für uns gegeben und war standhaft, als die Außerirdischen auf uns losstürmten. Doch sie benötigten nur eine einzige Berührung, um sein Dasein zu beenden.

Dieses Bild der Angst und Überraschung wird für immer in meinem Gedächtnis bleiben.

Zurück auf der Mondoberfläche mussten wir zwei Kilometer laufen, um zur Fabrik zu gelangen. Wir konnten noch nicht einmal einen Buggy nutzen, damit wir nicht durch sein automatisches GPS – System von den Außerirdischen entdeckt wurden.

Es waren drei Stunden vergangen, als wir unsere Raumanzüge angelegt hatten. Mit den modernen Sauerstofftanks konnten wir acht Stunden darin überleben.

Wenn wir Glück hatten, hatte die Fabrik noch ein funktionierendes Lebenserhaltungssystem, obwohl sie die letzten Monate nicht genutzt wurde.

Wir gingen langsam. Wir waren erschöpft vom Kampf und der anschließenden Flucht. Obwohl die Schwerkraft des Mondes im Vergleich zur Erde nur ein Sechstel betrug, erschwerten unsere Anzüge die Beweglichkeit.

Auf der Flucht hatte Jennifer das Whiteboard fallen lassen, sodass wir auch nicht mehr visuell miteinander kommunizieren konnten.

Längst hatte die Nacht die Mondoberfläche erobert und sie in ewige Dunkelheit gehaucht. Die malerische Aussicht, von der die meisten Astronauten schwärmen, war keine, die wir miterleben durften.

Da sich die Mondstation auf der Rückseite des Mondes befand, bekamen wir kaum natürliches Licht ab. Am Himmel des Mondes waren lediglich ein paar Sterne zu sehen, welche kaum genug Licht lieferten, um die karge Landschaft zu bestrahlen. Zumindest konnte uns so die Dunkelheit auf unserer Flucht Deckung bieten.

Nach einer gefühlten Ewigkeit näherten wir uns endlich der Fabrik. Wir konnten die schemenhaften Umrisse des Aussichtsturmes der Fabrik erkennen und somit wussten wir, dass es nur noch einen Katzensprung bis dorthin war.

Als wir eine Pause machten, um das prächtige Bauwerk zu bewundern, merkten wir, dass etwas über dem Himmel trieb.

Es war kaum sichtbar.

Wir erkannten, dass es eine weitere Kapsel war.

Sie schoss herunter und verursachte beim Aufprall einen kleinen Krater auf der Mondoberfläche. Sie war ebenfalls tiefschwarz und mit Blasen überseht.

Anscheinend enthielt sie einen weiteren Alien.

Ich warf den anderen einen Blick zu und signalisierte ihnen, dass wir uns bis zum Schluss behaupten würden. Da wir nirgendwo hinlaufen konnten, hatten wir keine andere Möglichkeit.

Die erste Blase platzte und eine schleimige Flüssigkeit versuchte auf den Boden zu laufen. Sie siedete und verdampfte jedoch im Vakuum.

Der Außerirdische kletterte heraus und stand auf.

Ohne zu zögern eröffneten wir das Feuer und schossen mehrere Schüsse in Kopf und Rumpf des Wesens.

Nach ungefähr fünfzehn Schüssen, hatten wir es endlich geschafft.

Bevor wir reagieren konnten, platzten die anderen Blasen und fünf weitere Kreaturen kletterten aus der Kapsel heraus. Dieses

Mal warteten wir nicht einmal, bis die Flüssigkeit verdampft war, sondern schossen sofort auf die Wesen.

Auf der Erde wäre das Spektakel laut genug gewesen, um Trommelfelle zum platzen zu bringen, doch auf dem Mond war ein solcher Mord ein stiller Prozess.

Jedes Geräusch, welches in den Kammern unserer Gewehre entstand, wurde unterdrückt, als es auf das Vakuum traf.

Das einzige, was wir spürten, waren die Vibrationen des Rückstoßes, welche sich durch unseren Körper ausbreiteten.

Mit begrenzter Munition dauerte es allerdings nicht lange, bis sie uns ausging.

Zwei Aliens, die von Projektilen durchlöchert waren, stürmten weiter auf uns zu. Ich traf einen von ihnen mit dem Kolben meines Gewehres und stieß ihn damit zu Boden.

Ich schlug weiter darauf ein, bis es einem Haufen Hackfleisch glich.

Der zweite, der sich seinen Weg durch den Kugelhagel bahnte, stürmte auf Daniel zu. Mit seinem massiven Arm packte er seinen Oberkörper.

Innerhalb einer Sekunde war Daniel der Kontrolle des Aliens zum Opfer gefallen und richtete seine Waffe auf sich selbst, bevor er abdrückte.

Aber nichts geschah.

Seine Waffe war leer.

Als seine erste Option fehlschlug, versuchte er Daniel seinen Raumanzug zu zerreißen. Eine unmögliche Aufgabe, die dem Außerirdischen zum Glück unbekannt war.

Sowohl Jennifer als auch ich stürmten auf die Kreatur zu und rangen sie zu Boden. Wir zerschmetterten ihren widerwärtigen Körper mit unseren leeren Gewehren und schlugen solange auf sie ein, bis sie starb.

Daniel wurde von ihrer hypnotischen Kontrolle befreit, allerdings verlor er dabei das Bewusstsein. Wir untersuchten seinen schlaffen Körper auf Verletzungen und auf Löcher im Raumanzug, aber abgesehen von der Ohnmacht schien er in Ordnung zu sein.

Wir sahen uns an und machten die Erkenntnis, dass wir ihn den restlichen Weg tragen mussten. Ich war noch nie so dankbar für die geringe Schwerkraft des Mondes gewesen. Kurz darauf kam die restliche Fabrik in Sicht.

Es war ein beeindruckendes Gebäude voller leerer Flure und fehlgeschlagener Experimente.

Die meisten dieser Experimente waren über meiner Freigabe der Sicherheitsstufe.

Während ich mit Daniels Körper über meiner Schulter die Luftschleuse passierte, tat sich vor mir ein Netz von Fluren auf, die fachmännisch angelegt wurden, um alle Experimente so geheim wie möglich zu halten.

Durch den Mangel einer Wartungsmannschaft war die Fabrik in Dunkelheit gehüllt. Es gab nur eine minimale Anzahl an Notlichtern, welche uns den Weg wiesen.

Leider wurden während unserer Abwesenheit die Lebenserhaltungssysteme der Fabrik abgeschaltet. Wir mussten uns also auf die stetig abnehmende Sauerstoffversorgung unserer Raumanzüge verlassen.

Die Fabrik hatte, genau wie die Mondstation an sich, ihre künstliche Atmosphäre verloren.

Natürlich waren über die gesamte Fabrik Sauerstofftanks verteilt, aber ohne Strom waren diese nutzlos.

Während meines letzten Einsatzes auf der Mondstation waren Jennifer und ich gemeinsam in der Fabrik stationiert. Unsere damalige Aufgabe bestand darin, in der Fabrik für die Sicherheit Sorge zu tragen.

Ich vermutete, dass Jennifer mehr über die Fabrik wusste als ich, denn sie führte uns zielgerichtet durch die verwinkelten Gänge. Nach einigen Augenblicken landeten wir vor einem riesigen Kontrollraum.

Es war dunkel und jedes System war deaktiviert, um Strom zu sparen. Jennifer schaltete die Taschenlampe ihres Anzuges ein und durchsuchte den Raum. Schnell fand sie einen Notizblock und einen Stift.

Sie notierte ein einziges Wort: „Faraday."

Dann schaltete sie ihr Funkgerät ein.

Ich setzte Daniel auf einen der Stühle und stellte sicher, dass er genug Sauerstoff zu Verfügung hatte. Mit leichter Beklommenheit schaltete ich mein eigenes Funkgerät ein und zum ersten Mal, seitdem wir die Labore in Sektion Drei verlassen hatten, konnten wir miteinander sprechen.

„Jede größere Sektion ist in einem faradayschen Käfig gebaut worden. Nichts kann rein oder raus, ohne mit dem Mainframe verbunden zu sein. Es sollte also funktionieren, solange wir nur die Funkgeräte unserer Raumanzüge benutzen.", sagte Jennifer.

„Macht es dir etwas aus, mir zu sagen, was wir hier eigentlich machen?", fragte ich. „Sollten wir nicht den Mond verlassen, um die Erde zu warnen?"

„Ich weiß nicht, ob wir das können.", erklärte Jennifer.

Ich verstand ihre Aussage nicht.

Jennifer schien das zu bemerken, also erklärte sie: „Laut den Aufzeichnungen in Sektion Drei versuchten zwei Shuttles einige Besatzungsmitglieder zu evakuieren, aber keines schaffte es vom Mond zu starten. Diese Kreaturen müssen unsere Systeme verfolgen. Ich dachte, wir hätten hier eine bessere Chance."

„Haben wir überhaupt eine Chance?", wollte ich wissen.

Sie seufzte.

„Vielleicht. Aber zuerst müssen wir etwas anderes tun.",
meinte sie schließlich.

„Was meinst du damit?", hakte ich nach.

„Haben sie dir jemals von einem Projekt namens *Last Resort*
erzählt?", wollte Jennifer von mir wissen.

Ich wusste sofort, was das Projekt beinhaltete. Es war etwas,
von dem ich vor meinem allerersten Einsatz als Astronaut
gelesen hatte. Damals waren es aber kaum mehr als Gerüchte
gewesen.

Es war nur eine Theorie, von der keiner von uns jemals
geglaubt hatte, dass sie jemals Wirklichkeit werden würde. Als
ich den Schock verarbeitete, wachte Daniel auf.

Er bemerkte schnell, dass wir uns unterhielten und schaltete
sein Funkgerät ein.

„Können wir wieder miteinander reden?", fragte er.

„Sind wir hier sicher?"

Ich schüttelte den Kopf.

„Noch nicht, aber die Außerirdischen können uns hier nicht
hören.", erklärte ich ihm.

„Das ist eine Erleichterung. Ich war kurz davor, den Verstand zu verlieren.", meinte Daniel.

Jennifer unterbrach ihn.

„Nichts davon ist mehr wichtig. Es ist an der Zeit.", sagte sie.

„Zeit für was?", fragte Daniel.

„Wir werden die Mondstation sprengen.", antwortete Jennifer.

7

Es wird die Zeit kommen, in der das letzte Wort vom letzten lebenden Menschen gesprochen wird.

Ein Moment, welcher von keinem gehört wird, der von der Zeit selbst vergessen wurde. Es wird eine Zeit kommen, in welcher die Liebe stirbt und das letzte Herz aufhört zu schlagen.

Eine letzte Umarmung, bevor der Tod uns trennt.

Die Menschheit wird bei all ihrem Wert, wie so viele andere Spezies vor ihr, zugrunde gehen. Wir werden es bekämpfen, aber letztlich ist es egal.

Unsere Zeit wird irgendwann kommen.

Es wird eine Zeit kommen, in der alle Hoffnung verloren scheint. Aber wir werden nicht aufgeben, denn unser Leben und das Leben derer, die wir lieben, ist es wert, dafür zu kämpfen.

Als wir uns auf unsere letzte Aufgabe vorbereiteten, rief ich mir die Ereignisse der letzten Tage in den Kopf. Etwas an der Situation stimmte nicht.

Wir wussten bereits vor zweiundsechzig Jahren, dass uns eine Invasion bevorstand, aber ihre Ankunft hatten wir vollkommen übersehen.

Als im Jahre 1972 die beiden Astronauten Eugene Cernan,

Ronald Evans und Harrison Schmitt die vorerst letzte bemannte Mondmission im Rahmen des Apollo – Programms unternahmen, wurde ein Signal empfangen, welches weder von der Erde noch von den sich auf dem Mond befindlichen Astronauten stammte.

Es wurde der Öffentlichkeit verschwiegen, dass wir nicht allein im Universum waren und dass uns eine Invasion bevorstand.

Dies war auch der Grund, warum direkt nach Apollo 17 mit der Planung und dem Bau einer Mondstation begonnen wurde.

Man erhoffte sich, die Invasion so abwehren zu können und eine öffentliche Massenhysterie zu vermeiden.

Warum hatten wir sie trotz aller Vorbereitungen nicht kommen sehen?

„Das ergibt keinen Sinn.", flüsterte ich mir selbst zu und vergaß dabei, dass alles an die anderen übertragen wurde.

„Was genau ergibt denn keinen Sinn?", fragte Jennifer.

„Ihre Anzahl. Wir hatten sie doch gezählt. Es war eine seltsam kleine Truppe für einen solchen Planeten wie die Erde. Wie erklärt ihr euch das?", gab ich meine Gedanken wieder.

„Was meinst du damit?", fragte Daniel.

„Was würde passieren, wenn das nur ein Spähtrupp ist? Was würde passieren, wenn uns die eigentliche Invasion noch bevorsteht?", meinte ich.

Die anderen schauten mich mit entsetzten Gesichtern an.

„Wenn wir die Außerirdischen mit der Mondstation in die Luft sprengen würden, könnte uns das Zeit verschaffen, die Erde vor der eigentlichen Invasion zu warnen.", meinte Jennifer.

Ihre aufmunternden Worte hoben unsere Stimmung nicht wirklich an.

„Wenn das nur ein Spähtrupp war, dann sind wir verloren!", sagte sie schließlich.

„Zumindest wissen wir jetzt, wie sie funktionieren. Wenn überhaupt, dann ist das der beste Vorteil, den wir haben können. Wir müssen es zurück zur Erde schaffen.", sagte ich.

Theoretisch war es ein einfacher Plan.

Aber selbst wenn wir die Mondstation sprengen würden, wäre das keine Sicherheit dafür, dass jeder Alien darin auch starb.

„Was ist denn *Last Resort*?", wollte Daniel wissen.

„Weißt du, wie Nikola Tesla an der drahtlosen Stromübertragung gearbeitet hatte?", erkundigte sich Jennifer.

Daniel nickte.

„Es ist dasselbe Prinzip. Nur dass bei diesem Prinzip eine Waffe eingesetzt wird. Es ist ein Gerät, welches elektronische Geräte irreparabel beschädigt. Für Menschen ist es ungefährlich, aber es könnte feindliche Raumschiffe nutzlos machen. Leider hat das den Nebeneffekt, dass alles in Stücke gerissen wird.", erklärte Jennifer.

Sie hielt einen Moment inne und holte tief Luft.

„Also haben wir es als letztes Mittel umfunktioniert, falls etwas die Mondstation übernehmen sollte."

Daniel schaute sie aufmerksam an.

„Ich nehme an, es ist besser, als alles mit einer Atombombe zu vernichten.", stellte er halb fragend fest.

„Diese Option haben wir auch. Aber das ist wirklich das letzte Mittel, wenn wir keine Chance mehr haben.", sagte ich.

Wir wussten, dass mindestens einer von uns entkommen musste, um die Erde zu warnen. Auch wenn wir dabei die Aliens töten konnten, war das nur ein kleiner Trost.

Bevor wir die experimentelle Waffe der Fabrik abfeuern konnten, mussten wir die Energieversorgung wiederherstellen.

Jennifer würde diese Aufgabe übernehmen und ging dafür in den Keller der Fabrik.

Eric und Patrick würden sie dabei unterstützen. Dort angekommen, konnte sie den noch verfügbaren Strom der Mondstation abzapfen und in die Fabrik umleiten.

In der Zwischenzeit würden Daniel und ich den Aussichtsturm besteigen, von welchem die Waffe kontrolliert werden konnte.

Sobald sie aktiviert und die Mondstation zerstört war, würden wir uns in den Hangar zurückziehen und beten, dass eine der

Fluchtkapseln noch funktionstüchtig war.

„Lass uns heute nicht sterben!", sagte Daniel zu mir.

„Sobald wir diesen Raum verlassen, können wir nicht mehr kommunizieren. Sollten sie unsere Kanäle kapern, sind wir so gut wie tot. Wir müssen absolute Funkstille aufrecht erhalten.", rief ich ihm ins Gedächtnis.

Er nickte.

Wir schalteten unsere Funkgeräte aus. Es war an der Zeit, dass stille Vakuum wieder zu betreten. Kaum hatte ich mein Funkgerät ausgeschaltet, bereute ich es, keine tröstenden Worte gesagt zu haben.

Soweit ich wusste, konnten dies unsere letzten Worte gewesen sein. Wir verließen den Kontrollraum der Fabrik. Unsere einzigen Waffen waren ein paar Notizblöcke und einige Stifte.

Jennifer rannte in die unteren Stockwerke, während Daniel und ich zum Aufzug des Aussichtsturmes gingen.

Da uns aktuell nur der Notstrom zur Verfügung stand, funktionierte der Aufzug auch nicht. Da der Aufzug jedoch die einzige Möglichkeit war, auf den Turm zu gelangen, mussten wir die Leitern im Aufzugsschacht hinaufklettern.

Trotz der geringen Schwerkraft es war ein anstrengender Aufstieg.

Uns trieb jedoch die Entschlossenheit an, die Erde zu retten.

Daniel warf mir einen Blick zu und ich wusste nicht, was ich tun sollte. Sein Gesicht war schweißnass, sowohl vor Nervosität als auch vor Erschöpfung.

Ich gab ihm durch Gesten eine Reihe grundlegender Anweisungen, welche Schalter eingeschaltet sein sollten.

Er befolgte gewissenhaft meine Befehle, während ich dabei war, die Waffe neu zu programmieren.

Zwar waren die Grundfunktionen aktiv, aber mussten wir warten, bis Jennifer den Strom einschaltete. Erst dann konnten wir die Startsequenz einleiten.

Schnell vergingen dreißig Minuten und ich wurde sichtlich nervös. Nach weiteren zehn Minuten war ich kurz davor, nach Jennifer zu suchen.

Während ich Daniel eine Instruktion auf den Notizblock schrieb, bemerkte ich, dass eines der Lichter anging und uns darauf aufmerksam machte, dass der Strom wieder da war.

Wir starteten unverzüglich die Sequenz und zählten die Sekunden bis zu Aktivierung herunter.

In der Ferne konnten wir die Umrisse der Mondstation erkennen.

Es war ein Ort, an welchem hunderte Leben ausgelöscht wurden und Milliarden von US – Dollar in Trümmern verteilt auf der Mondoberfläche lagen.

Es war alles umsonst gewesen.

Dann war die Waffe endlich geladen.

„Bereit?", schrieb ich auf ein Blatt Papier und zeigte es Daniel.

Er nickte und wir feuerten die Waffe ab.

Einen Moment befürchtete ich, dass die wenigen noch intakten Sektionen der Mondstation zu wenig Sauerstoff beinhalteten, um die Explosion zu entzünden.

Aber meine Zweifel wurden schnell erstickt, als eine gewaltige Explosion am Horizont auftauchte. Abertausende Tonnen von Trümmern schossen von der Mondoberfläche hoch.

Ihre kinetische Energie war stark genug, um der Gravitation des Mondes zu entkommen.

Ein paar Sekunden später rumpelte der Boden unter uns.

Stoßwellen konnten zwar kein Vakuum durchdringen, aber die Explosion war stark genug, um ein Mondbeben auszulösen.

„Verdammt noch mal!", konnte ich von Daniels stummen Lippen ablesen.

Ich hatte versucht, die Trümmer der Mondstation nach Hitzesignaturen und Funksignalen abzusuchen. Nach der Explosion konnte ich über den Computer des Aussichtsturmes jedoch nur ein statisches Bild erhalten.

Es gab keine Möglichkeit zu überprüfen, wie viele Außerirdische die Explosion überlebt hatten, aber ich wusste, dass die Überlebenden auf uns zustürmten.

Daniel und ich verließen den Turm.

Zum Glück war der Aufzug aktiviert worden, nachdem Jennifer den Strom wieder eingeschaltet hatte. Das ersparte uns das Klettern.

Der Hangar der Fabrik war gefüllt mit experimentellen Versuchsfahrzeugen. Die meisten waren nur für kurze Strecken konstruiert worden. Keines davon war hilfreich für unsere Flucht.

Trotzdem war der Hangar mit zwei Fluchtkapseln ausgestattet, welche noch an den Startrampen angedockt waren. Auf der Erde hat gewöhnlicher Brennstoff eine Haltbarkeit von etwa drei bis sechs Monaten.

Kerosin hingegen kann mehrere Jahre haltbar sein. In der Fabrik lagerte jede Menge davon. Als wir im Hangar ankamen, begann ich sofort mit dem Betanken einer der Fluchtkapseln.

Kurz nach uns tauchten Patrick und Eric im Hangar auf und begannen, mir beim Betanken der Fluchtkapsel zu helfen.

Jennifer war nirgends zu sehen.

Nachdem wir mit dem Betanken begonnen hatten, ging ich zu einem Kontrollpult und suchte nach Lebenszeichen in der Nähe.

Außerhalb der Fabrik konnte ich dutzende Wärmesignaturen

sehen, welche sich uns nährten.

„Verdammt!", schrie ich.

Die Worten hallten durch meinem eigenen Raumanzug.

Wir brauchten etwa eine Stunde, um die Fluchtkapsel voll zu tanken. Basierend auf der Geschwindigkeit der Aliens mussten sie kurz davor hier sein.

Die Stunde verstrich langsam und mit jeder Sekunde nährte sich unser Tod. Ich konnte es nicht riskieren, noch länger zu warten. Also gab ich den anderen ein Zeichen, dass sie bleiben sollten, während ich nach Jennifer suchte.

Anhand ihrer Wärmesignatur folgte ich ihr in den Keller der Fabrik.

Ich rannte durch die schwach beleuchteten Flure und begann, dass Echo meiner eigenen Schritte zu hören.

Anscheinend war im Keller die Atmosphäre fast wieder hergestellt.

Der Keller war ein riesiger Raum.

Er war gefüllt mit Generatoren, die Mondstaub in Sauerstoff umwandelten. Jennifer bewegte sich von Generator zu Generator und deaktivierte sie, um die Luftproduktion zu stoppen.

Sie trug nicht mehr ihren Helm.

Ich nährte mich ihr und bemerkte, dass die Säulen neben den

Generatoren mit Sprengladungen bestückt waren.

„Wir müssen sie aufhalten!", schrie sie.

Ich nahm meinen Helm ab und atmete abgestandene Luft ein.

„Wir verschwinden gleich!", meinte ich.

„Es ist schon zu spät. Sie sind fast hier. Wir müssen die Fabrik mit uns nehmen.", konterte Jennifer.

Ich warf einen Blick auf die Sprengladungen und bemerkte, dass die Zeitzünder darauf langsam abliefen.

Innerhalb der nächsten dreißig Minuten würde die Fabrik explodieren. Wenn wir nicht entkommen können, würden wir zusammen mit der Fabrik explodieren.

„Wo hast die Sprengladungen gefunden?", fragte ich.

„Wir beide hatten hier doch zusammen gearbeitet. Erinnerst du dich?", rief Jennifer mir in das Gedächtnis.

„Setze deinen Helm wieder auf. Ich bin dabei, den Sauerstoff abzulassen."

Wir setzten unsere Helme wieder auf und nachdem Jennifer den Sauerstoff wieder abgelassen hatte, wurden wir in ewige Stille getaucht.

Wir verließen den Keller und eilten zurück in den Hangar.

Die Fluchtkapsel war noch zehn Minuten davon entfernt, vollgetankt zu sein.

Als ich die Kapsel für den Start vorbereitete, standen die

anderen in einem unangenehmen Schweigen da.

Wir wussten, dass die Fabrik jede Sekunde von den Außerirdischen überrannt werden konnte und wir hatten keine Waffen, um uns zu wehren.

Ich warf einen Blick auf das Kontrollpult.

Die Wärmesignaturen auf dem Radar kamen immer näher.

Dann spürten wir es.

Der Hangar bebte, als die Eindringlinge die ersten Türen aufsprangen. Wir waren immer noch nicht bereit, zu starten.

Wir sahen uns an.

Zweifel und Angst standen in unseren Gesichtern. Dann bebte der Boden des Hangars erneut, als eine weitere Tür aufgebrochen wurde. Sie kamen näher.

In weniger als fünf Minuten wären sie bei uns gewesen.

„Wie lange noch?", schrieb Jennifer in ihren Notizblock.

Ich hob meine Hand und signalisierte ihr, dass wir noch fünf Minuten benötigten, bis wir starten konnten.

Ich schaute auf den Haupteingang des Hangars und fragte mich, wann sie wohl aufgebrochen werden würde und die Außerirdischen hereinstürmen würden, um uns zu töten.

Ich wusste, was zu tun war.

Jemand musste sie vom Hangar weglocken und sie in einen anderen Teil der Fabrik führen.

Als ich mich umdrehte, sah ich Daniel in die Fluchtkapsel steigen und ein tragbares Funkgerät vom Cockpit lösen.

Er hatte dieselbe Erkenntnis wie ich gemacht und hatte vor, sich zu opfern.

Ich versuchte, ihm das Funkgerät wegzunehmen.

Daniel stieß mich weg und eilte zum Haupteingang des Hangars. Bevor die Tür des Haupteinganges sich hinter ihm schloss, konnte ich sehen, wie er das Funkgerät einschaltete und ein Durcheinander von Funksignalen erzeugte.

Er hatte anscheinend die Hoffnung, dass dies die Aliens anziehen würde.

Da es nicht in seinem Anzug verbaut war, konnten sie auch nicht von ihm Besitz ergreifen. Er rannte vom Hangar weg und die Außerirdischen folgten ihm.

Jennifer, Eric, Patrick und ich stiegen zögernd in die Fluchtkapsel ein und starteten sie.

Jennifer zeigte in die Richtung, in welche Daniel gelaufen war. Ich schüttelte den Kopf und signalisierte ihr somit, dass es sinnlos war, auf ihn zu warten.

Er hatte uns eine Gelegenheit gegeben und wenn wir sie nicht nutzen würden, würden wir an seiner Seite sterben. Die Luke der Startrampe des Hangars öffnete sich und wir starteten das Triebwerk der Fluchtkapsel.

Wir erreichten schnell eine Geschwindigkeit, die ausreichte, um der schwachen Gravitation des Mondes zu entkommen. Selbst dann konnten wir nicht sprechen, da sich die Atmosphäre in der Fluchtkapsel erst aufbauen musste.

Das einzige, was wir tun konnten, war aus dem Fenster zu schauen und zu warten, bis die Sprengladungen im Keller der Fabrik explodierten.

Ohne Sauerstoff konnte es jedoch keine nennenswerte Explosion geben. Die Fabrik brach einfach zusammen und tötete alles, was sich in ihr befand.

Daniel hatte sein Leben selbst beendet und die restlichen Außerirdischen des Spähtrupps mit sich genommen.

Als sich die Atmosphäre in der Kapsel aufgebaut hatte, nahmen wir unsere Helme ab. Unsere Funkgeräte ließen wir jedoch ausgeschaltet.

„Wir haben es geschafft.", sagte Eric mit düsterer Stimme.

Es war ein bittersüßer Sieg und ich seufzte traurig. Daraufhin machte sich Erleichterung in mir breit.

Wir hatten es versäumt, die Erde zu schützen.

Die gesamte Mondstation wurde von einem einfachen Spähtrupp zerstört. Nur durch das Heldentum unserer gefallenen Freunde bekamen wir eine letzte Chance, die Erde vor der eigentlichen Invasion zu retten.

Wir hatten die erste Welle überstanden.

Doch uns steht eine zweite, viel gewaltigere Welle der Invasion bevor. Mit der aktuellen Technologie und den Kriegen, die wir untereinander auf der Erde ausfechten, hatten wir jedoch keine guten Hoffnungen.

Dies wird unser letzter Kampf sein.

Um siegreich daraus hervorzugehen, muss die Menschheit jedoch als Einheit zusammenstehen.

Zeitfracht Medien GmbH
Ferdinand-Jühlke-Straße 7
99095 Erfurt, Deutschland
produktsicherheit@kolibri360.de